牛眼和我

西西　著

中華書局

「牛眼和我」版頭插畫小輯

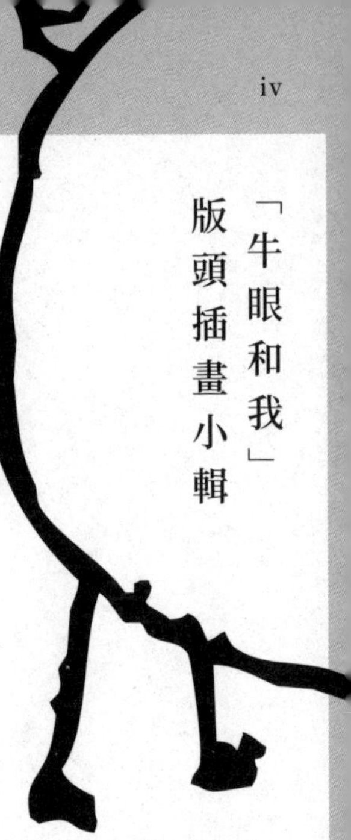

我們要書僮

•西西•

哎呀，哎呀，我們的那些書，重死啦。最好就是像梁山伯那樣，有個書僮做做跟班了。也不知道為什麼，我們讀的課本會越來越多，書本又越來越厚，如果書再重些，我們都要給它們壓扁啦。

數學書是最要命的，數學書一共是四大本，三角，幾何，代數，算術，本本幾斤重，而老師常常是愛教那一本就來一個即興，沒帶書，記小過一次。這樣子，你有什麼辦法不每天捧四大本厚皮書去上學。

我們現在用的書包，實在也不能怪它的，它也夠大的了，如果拿它去游水，足足放得下五個人的泳衣和毛巾，但，書一跑進去，它就時時刻刻巴士一般地擠沙甸魚。至於那些生物實驗，化學實驗大冊子，總是被擠在外邊的，碰上下雨天，又是雨衣，又是雨傘，又是書包，又是大冊子部，做學生可真辛苦哪！

還有，我們那些做女孩子，平日校服是裙子，上體育時要穿體育袴，大家都知道，體育袴是最迷你款式的，當然不可以穿了滿街跑，這時候，就得另外帶一個大布袋，盛了體育衣服，有時還包括一雙鹹魚，真是重加一等。

有一天，我在街上，真的看見一個個人提了兩書包，因為一個書包就是裝不下所有的書。唉，我們如果有個書僮幫幫忙就好了。要是沒書僮呢？就祇好請兩種人幫幫我們想辦法。一種是商人，要他們替我們設計一種又大又堅固又輕又防水的大書包。另一種是學校人，要他們替我們在學校設一些櫃，好讓我們不必每天做活動搬書機。葛量洪師範的學生就開心了，他們原來每個人有一個小櫃在學校內的，大家自己配一把鎖，就可以把一些不必常常搬來搬去的東西放在裏邊，如果我們的學校也這樣為我們想想，我們一定唸多幾篇主禱文和玫瑰經。阿門。

披頭四如此說

•西西•

不喜歡我們無所謂，就是別否認我們。

披頭四如此說。

披頭四他們說得對。

世界上許多人都喜歡蠻不講理；他們大概才是最標準的存在主義的信徒。他們百份之一百是這樣的；他們喜歡的，那東西就存在；他們不喜歡的，那東西就不得存在。

邏輯裡邊早就跟我們清清楚楚地說過了，如果一個人長得不高，就說他不高，沒有理由一定要說他矮，不高就是不高，不高的人不一定就是矮。同樣的，一塊黑板如果不黑，就別說它是白板，不黑的東西沒有理由一定是白的（又不是老師在那裡測驗相反詞，）一塊黑板不黑，難道它不可以是綠板，紫板，紅板，黃板的麼。

許多人不喜歡披頭四的音樂，眞要命，因爲他們不喜歡，就說披頭四的音樂不是音樂。我眞想知道，那麼我們把那些歌叫做什麼好呢，它們不是音樂，又是什麼呢。不喜歡就不喜歡好了，不喜歡的話，就大叫說：我不喜歡披頭四的音樂好了，沒理由說披頭四的音樂不是音樂。學過邏輯的人從來不會這般胡說八道。

所以，如果你不喜歡現代詩，就大叫你不喜歡現代詩好了，不用大罵這些不詩是詩。所以，如果你不喜歡現代畫的話，也用不着大罵這些畫不是畫，你可以對全世界的人說你不喜歡這些畫。不喜歡就不喜歡好了，一點都無所謂的，就是別否認人家的存在。人家是人，你就得承認人家是人。你可以不喜歡這個人，這些人，犯不着叫他們做什麼什麼猪，什麼什麼狗，什麼什麼牛，什麼什麼貓。

聖經上說：彼得有三次否認耶穌，出發點雖然不同，否認則一，不被承認實在是一樁極大的痛苦。

她們

•西西•

她們現在是這樣子。

她們買天鵝絨的衣服（因爲天氣要冷了），衣服上揷一朶會發光的花。她們把光帶到衣飾上來了，因爲花裡邊是小小的乾電池。多天的晚上，她們滿街走，街就變成銀河了。

三藩市的她們，把尼龍的衣服和褲子放進雪櫃的冰格裡冰它們，幾個鐘頭以後才拿來穿。她們說：它們這樣會長壽。

她們把古龍水洒在雨傘的裡邊，作一些香呀香的雨中行。她們把浴室的燈泡換上粉紅色的，產生一些浪漫的氣氛。

她們在街上見到一些男孩子，不是說：這些男孩子。她們稱他們做：這些武士。她們不說：你的男朋友，而說：你的武士。

他們被他們在街上碰見，他們也不是說：這些女孩子；他們稱她們：這些鳥。

她們在打倒武士們的壞習慣。砰，打倒他們把梳揷在上衣的口袋裡。砰，打倒他們當衆梳頭髮。砰，打倒他們着凉鞋的時們穿短襪子。砰，打倒他們把運動恤的衫尾塞進袴腰裡。砰砰，打倒他們穿了新的猿皮鞋到郊外去。

她們在發牢騷，要把騎士時代復興起來。她們說，現在的武士們沒有一個有禮貌。她們於是叫：穿光燦燦的盔甲的騎士們在那裡呀？

她們照樣抽煙。而且居然買那隻叫做「癌症」的牌子。但沒有人會爲她們担心，因爲她們不過是在演戲；她們有煙，但不抽。

她們喜歡小慧，十分鐘。用她們的枕頭，去枕她們的脚。用她們的頭去梳她們的梳子。

蠍子星座

•西西•

有沒有人稱你做掃把星？相信你不是。但你是什麼星呢？你應該知道自己是什麼星，好讓別人給你算算命。

一年有十二個月，每個月有一個星座，那是星象家算出來的。現在，我們碰上的是蠍子星座。誰在十月二十四日至十一月二十二日內出生的（當然算陽曆囉），那就是蠍子星。蠍子的名字不大好，但那並不是說，屬於蠍子星的人就很兇。

蠍子星的人頭腦很清醒，別人甜言甜語是騙不到你的，你會照自己的意思做事，不走邪路，譬如說：那個人很有錢，送你許多東西，你媽媽很喜歡，叫你嫁給他，但你知道這個人很會討你喜歡，假情假意，就不嫁。

你會理財，不會見了一件漂亮衣服就沖昏了腦子。你會說：這麼貴，回去考慮再說。說不定第二天你把它買回來了，但你考慮過的。

你很容易開罪朋友，因爲你從來不妥協。這一點，算是優點，也算是缺點，要看情形怎麼樣。人家要你打牌，喝酒，你不肯，不算缺點。人家都贊成到淺水灣游泳，你偏要去石澳那就不行。

屬於蠍子星座的女孩子，瑪瑙是她們的生辰石，它會給你帶來好運氣。我想，戴一隻那樣的指環很好，你的男朋友就知道你不是一個好欺負的人。

我們如果交上蠍子星座的朋友，應該很開心，因爲這種人忠誠正直。如果你做皇帝，一定要找他們做宰相；如果我們開公司，就請他們做司庫。

當然，和蠍子星的人交朋友，要明白他們雖然脾氣固執，有時和別人爭論得像吵架，心地却是好的。和這樣的男朋友結婚也不錯，他會很顧家，而且會努力賺錢，絕不會把太太餓死。而且，你們的孩子有機會讀大學。

哦威尼斯

•西西•

哦威尼斯威尼斯
當你寶石的牆頭齊到水面
衆國將悲哭你低陷的殿堂
哀號將來自海上
——拜倫：威尼斯頌

拜倫住在威尼斯，他愛那個城，他怕水把它淹沒了，怕所有的樓宇會變作另一個邦貝。但我們知道，去年十一月，威尼斯遭到最大的洪水，洪水浸遍了威尼斯，也浸遍了佛羅倫斯。我們那麼喜歡的噴泉，雕像，畫幅，書籍，都遭了殃。名畫都色了色，書本都霉爛掉，雕塑的肢體斷了，噴泉變了海底的寶藏。

是的，衆國都在悲哭它們低陷的殿堂，哀號都來自海上。全世界各地的人都自動去救災，搶救藝術品。像當年，大家要努力拯救戰火中的巴黎。

意大利是個最能在苦難中屹立的國家，他們在最困難的時期拍出最好的電影，在最不景氣的時候努力自救。現在，他們依然舉行威尼斯影展，香港前些日子一樣舉辦意大利商品週。意大利是會復原的，不管病得多重。

但我們呢，我們呢？沒有人來悲哭我們低陷的殿堂，悲哭的祇有我們自己。我們的雕像，我們的畫幅，我們的書籍呢？我們光着眼睛看而無能爲力，我們正在焦急，但毫無辦法。

哦威尼斯，你是一個幸運的城市。你的國家是一個有無數朋友的國家，你的國民是相親相愛的國民威尼斯，你是一個幸運的城市。

哦中國，哦中國，哦中國。我們怎麼辦。

哦，可怕的洪水，可惡的戰爭，可憐的人類，悽涼的中國。

被冷落的一代

•西西•

誰來關心大人呢？我們都幸福，因爲關心我們的人最多。大家總是爲我們担心：不要盲目地去學「喜披士」，不要爲了新奇吃迷幻藥。大家都爲我們好，一直在提醒我們別走邪路。

但誰來關心我們的爸爸媽媽呢？這個世界太不公平了，人們把一切的愛和期望都投在我們的身上，而我們一直嚷：唉，我們不開心。

我們又幾曾聽見成年人說過他們很快樂。成年人也不幸福，但是，誰去關心他們，誰去替他們担心。我們沒有。我們讓全世界的人關心我們，我們從不交換。

你以爲，什麼人才是被遺棄被冷落的一代，那些人才是寂寞的一代呢？不是我們，是他們，是我們的父親和母親，是他們。

像我們的母親。你叫她到那一間時裝店去找適合她的衣服。滿街都是迷你裙，五十歲的媽媽難道也學卓姬跳呀跳麼。那些矮跟矮跟的七彩鞋，大大的花絲巾，母親怎能穿。

我們的時裝，母親沒有，而我們却在喊：我們不快樂。

一切的人都在使我們快樂。大大的明星相片，活潑的音樂唱片，熱鬧的舞會場面，都是我們的。父親和母親却什麼都沒有，他們整天祇能坐在家裡，像室內的傢俱。他們祇聽聽收音機，看看報紙，日子就過着，一年又一年。

星期六，星期天，最孤獨的又是他們，誰曾經坐下過好好地和他們傾談？我們的心裡祇想着自己的朋友，而我們却說：你們不瞭解我們。

我們原來是殘酷的一代。讓我們來關心成年人吧，因爲他們才是最悽涼的一輩。

「作者論」影評

•西西•

評電影，那眞是麻煩透了，因爲電影是一件分工合作的東西。評小說，大家可以拿起一本「流亡曲」然後就一直雷馬克，雷馬克下去。或者，大家要評樂曲，也可以攤開「田園交响樂」，一直貝多芬，貝多芬下去。電影不行。電影，說「羅生門」好了，大家看完它，可不能一直黑澤明下去，因爲，還有芥川龍之介哩，還有配音的，打燈的，拍攝的，演的等等。

因爲評電影是那麼地難，又沒有什麼標準，有人就弄出了一套「作者論」，以電影導演作本位來評電影。我們這裡也有不少寫影評時愛「作者論」一番，一直以導演爲最高統帥。

「作者論」的影評人是很忙的，他們要做一番統計的工作。他們要把所有的電影，不管很好的或很糟的都看看，然後把它們分門別類。你要評希治閣的「衝出鐵幕」嗎？你先要把所有希治閣的以前的大小作品全看過，即使不可能看到，也要知道這樣，才能夠評「衝出鐵幕」。你才可以知道這部電影和希治閣以前的風格有沒有連貫性，主題上有沒有延續性，又有什麼創新等等。

像這樣子，大家就變了在研究導演了。而且，像這樣子，我們是把一個導演的全部作品作爲一個總評來批評他們的優劣，常常忽略了把某一部作品獨立圈出來給予評價。

「作者論」的出發點極好，它要求影評人努力，下苦功。但問題也接着來了，導演在電影中的地位眞那麼高嗎？在一部電影中，導演的工作到底佔多少呢？像「烈火」，原著是一個人，改編的又是另一個人，室內設計也是另外一個人，剩下來的，就是杜魯福。還是，這所有的一切，都和杜魯福有關？而且，我們不能因爲有了「四百畫」，就以爲杜魯福是「必屬佳片」的標誌。

影城行

（四）

•西西•

沈依的房間裡很暖，因爲開了個暖爐。但除了暖爐，是那些室內的顏色叫人舒服，尤其是牆，因爲牆上是特別舖上的白色和金色的牆紙，使人不會感到白粉牆那種冷冰冰的味道。香港地方比較潮濕，許多人都不愛糊牆紙，但牆紙們實在漂亮。

我在廳子裡坐了一回，就擠到沈依的房間裡去，問問她可肯送些相片給影迷，她說好，就給了我相片。我又要她親自簽名，她又說好，就簽了四張。她一面簽，我一面看呀看，原來她房間裡的梳粧檯是金色和白色的，足足有她的床那麼長，檯上的化妝品多得厲害，眞不知沈依化一次妝要用多少少化妝品，又要多久。

床上有一件橙色大衣，當然是沈依的。沈依今天穿的全是橙顏色。你喜歡橙色是不是？我問她。她說是。唔，讓我想想看，喜歡橙色的人的個性是怎麼樣的呢？有人說，喜歡橙色的人有藝術家的氣質。那麼沈依呢？她家裡沒有掛畫，她大槪不會喜歡畫，我猜她比較喜歡音樂，因爲廳子裡有不少的唱片哩。

我一直贊成女孩子該穿得漂漂亮亮，至於明星，我更希望她們潮流得早，所以，我十分開心的看看沈依的大衣，又看看她的高高裙。沈依眞是捨得穿貴衣服，她那件裙，我問過她了，連卡佛的，至於那件大衣，我知道，新到的貨，我在店裡見過，兩百塊錢有找，款式像個斗篷，卻一點也不肥。

好了，現在要說說四張簽名照的事了。你們有誰是沈依的影迷不？我可以送你們她的親筆（保証眞眞正正由她本人簽）簽名照。條件沒有，寄信到「香港影畫」給我，我會寄給大家。因爲祇有四張，祇好憑郵戳決定，先到先得。

銀幕的背面

西西

文藝復興時候的意大利有那麼多的畫家爲什麼我們偏把米開蘭基羅、達納多和拉飛爾特別選出來，特別佩服他們的呢？同樣的道理，現在的電影是那麼多，爲什麼我們偏要喜歡「春光乍洩」多些，又喜歡「雌雄大盜」多些，難道「日月精忠」就不精采？

看一個電影，和看一幅畫也有相同的地方，就是，我們除了看正面，還得看背面。坐在電影院裡，我們看到的是已有的，一切都已經構成，但光看這正面是不够的，我們要去搜索它的背面。像「雌雄大盜」，我們要去知道，爲什麼最終的一場要用慢鏡表現，如果不用慢鏡，效果會不會有變。用了慢鏡，適當嗎。除了慢鏡，還有什麼別的方法沒有呢。至於那場和母親相見的一場，畫面用薄霧景色陪襯，妥不妥，對不對。整個電影的分場次序，一幕一幕的轉入，如此編排，算不算高明，等等等。

我們可以用孤立的方法，把一個電影疏離出來，分場分鏡地去研究，去追尋它的構成方法和原因，但同時，我們還得把它放回羣體中去。把「雌雄大盜」放回衆多的電影中，我們可以拿它來和其他的電影作一比較，它們彼此之間到底有什麼不同。於是，我們發現，現在的電影喜歡打打殺殺，像「鐵金剛」，「獨行俠」，一開場打到散場。現在的電影還有一類是鬧劇，喜歡令人嘻嘻哈哈，像「瘋狂世界」，「蘇聯潛艇大鬧美國」，一開場叫你笑到完場。而「雌雄大盜」並不如此，它是兩者之匯合，而這，就是它所以在衆多的電影中風格如此鮮明的緣故。我們所以認爲「原野奇俠」，「龍城殲霸戰」可以在電影中史佔一位置，也就是因爲在衆多的電影中它們也是創新的。荷里活被公認是一家大商場，但仍有出色的電影由那裡誕生，因此，電影作者並非完全是歐洲的天下。

二月備忘錄

記得二月十四日，星期三，那天是情人節。用不着寄情人咭給妳的男朋友，應該是他寄給妳。但妳也可以去買些情人咭回來的，寄一張給祖母怎麼樣，新年裡她不是送了一件大毛綫衫給妳麼。

情人節那天，沒有人寄咭給妳麼，那好極，從這天起，妳又自由又自在，可以交結別的男朋友了。有一件事情可以趁今天做，把以前男朋友送給你的信和相片燒掉，全部燒掉，第一，妳再也用不着看見到它們，其次，好馬不吃回頭草。

二月十一日。星期日。又是一個什麼大日子呢？那天是瑪利鄺生日。我們不認識她，她也不認識我們。不過，我們何不找一羣女孩子在一起玩，順便為她乾一杯（牛奶或蕃茄汁或檸檬水）呢。她發明了迷你裙，又把很難看的套裝打倒了，讓全世界的女子都活潑起來。關於瑪利鄺，店裡有很多她的出品，高興的話，可以去買一件來紀念她。日間香水晚間香水，女童軍般的帽，長靴，一大巷的眼睫毛。她的商標是朵雛菊。

二月九日，星期五是喜歡狗的人可以知道一下的日子。倫敦正在舉行一連兩天的狗展，報紙上會把那些狗的樣子刊在報上，大家可以把倫敦的報紙找來，剪下圖片留着看。

二月十二日。林肯生日。二月廿二日，華盛頓生日。買兩張有他們的相片印着的鈔票，儲蓄起來。至於二月二十八日，是ASH WEDNESDAY這天，大家可以去找一本艾略特的詩集來看看，他有一首詩就以那天為題目，從那首詩開始，該看艾略特的「空洞的人」了。

喜歡插花的，該插紫羅蘭，二月是它們的，紫色的寶石是二月的顏色。我們在香港，到花園去看看紫荊吧。

·西西·

閒暇乃文化之母

·西西·

一個人，一定要找一點空閒的時間出來。這就像一個人一定要找一點多餘的錢出來一般。

人要吃飯，所以人要賺錢。如果一個人一天到晚賺錢，祇夠吃飯，那麼做人還有什麼意思呢。所以，人賺錢，總希望除了吃飯之外還有剩餘，把這些剩餘的積蓄起來，可以買一座電視看看，可以買一輛汽車坐坐。這樣，做人才有趣多些。

人要賺錢，所以人要做事。如果一個人一天到晚做事，沒有一點時間積蓄下來，那麼樂趣呢。如果你有一座很好的電視機，可是，你沒有閒暇，你不能看，那麼，你有的就等於你沒有。

奇怪的也就在這一點上。一個人會喜歡很多東西，喜歡看電視，喜歡看書，喜歡看電影，喜歡上餐室，喜歡種花，喜歡養魚，於是，為了這些，不得不花很多的時間去賺錢，錢賺來了就買了電視機，買了書本，買了名貴的花種，名種的魚，可是，因為把所有的時間花去賺錢了，反而沒有時間剩下來看電視，看書，種花，養魚了。

我們和別的動物所不同的是，我們除了和動物一般有「自然的人生」外，還有「文化的人生」。而文化，不靠閒暇是不行的。但我們每個人有沒有替自己積蓄一點時間下來做做自己喜歡做的事呢？

現代人最痛苦的事，並非賺不到錢，而是賺不到時間。每天碰見的人都在那裡忙，他們有錢，但不快樂。人們所以賺多錢，是希望有所剩餘，使自己好過快樂的文化生活，賺錢的目的本來是為了「生活得好一點」，可是，人們從來沒有「生活得好一點」，因為，忽然的，賺錢竟不再是手段，而變了目的，還有什麼好說。

人如果要快樂，得使自己的時間有所積蓄才對

時代新鮮人——序西西《牛眼和我》

西西早年的報紙專欄相繼結集成為《試寫室》、《牛眼和我》出版，翻閱這些半世紀前的短文，很自然地想到《我城》。

西西在《試寫室》的後記說：「『我之試寫室』之前，我其實在《快報》寫過『牛眼與我』，寫了一段日子，寫法也大概相同吧。」印象似乎有點模糊了。「牛眼和我」發表於一九六七、六八年，「我之試寫室」發表於一九七〇年，到一九七四年《我城》才開始連載，都是在劉以鬯主編的《快報》副刊上。

西西曾經這樣回顧：「對我來說，《我城》是一個分水嶺，以往我寫的是存在主義式小說：《東城故事》、《象是笨蛋》、《草圖》等等，都相當灰色，結局或者主人公發瘋了，

或者死亡。一句話，生命好像沒有意義。這是當時普遍的想法：……無論《東城故事》、《象是笨蛋》、《草圖》這些存在主義式的小說，我都覺得不是我應該走下去的路，我想寫一個比較快樂的，同樣『存在』，但用另一種態度。那時受一些其他東西的衝擊，比方披頭四的《黃色潛艇》、約瑟盧西的《女金剛大破鑽石黨》、路易馬盧的《莎西在地下鐵》等等，這些電影都比較創新、有趣，運用不同的形式表現。我想，小說為甚麼不能夠這樣？一般小說都寫成年人，悲哀愁苦，板起面孔，寫十分嚴肅的問題。為甚麼不寫寫青年人的生活，活潑些，從他們的角度看問題呢？像披頭四，有自己的聲音，有自己看事物、看感情的一套。而這一套，顯然和上一輩不同。那時，香港也有許多這樣的青年人，活潑，充滿朝氣，穿上牛仔褲唱民歌，難得的是相當明白事理，有正義感，但這種正義感不會放在嘴邊，對生活的要求很踏實、很樸素；他們不肯認同、不肯依循上一輩的法則，——上一輩當然覺得奇怪，但他們其實很善良。」（西西、何福仁〈胡說怎麼說——談《我城》〉）寫《我城》的時候，西西三十八歲，當了十多年小學老師，和小說人物阿果他們的年紀、閱歷有一大段距離，可是前面提到青年人的喜好和生活態度，不就是西西本人的寫照？毋寧說「青年」是一種她選擇的價值，不必局限於某個年齡層。

《牛眼和我》說，「世界轉變了許多，滿街的風景新鮮了許多」（〈兩個月見一見〉），「大家都在想，這個世界還可以變一些甚麼新藝術出來呢」（〈電影劇場〉）。西西興高采烈地介紹那些新事物。這一年夏天美國嬉皮士（西西譯成音義俱到的「喜彼士」）的「花的力量」（Flower Power）運動、披頭四新唱片《彼柏軍曹的寂寞心俱樂部樂隊》（*Sgt. Pepper's Lonely Heart Club Band*）的發行，西西當然沒有

錯過。Paul Rotha 的 *The Film Till Now: A Survey of World Cinema* 剛出了新版，西西大力為它推銷：「如果你是教徒，你買不買一本聖經？如果你是愛電影的，那麼，《電影到現在》是你不可少的一本書。」（〈電影到現在〉）

現在的讀者都知道，西西喜愛電影、音樂、歐美前衛文化藝術，專欄裏提到這些並不出奇，何況《試寫室》在二〇一六年已經結集出版了，大家都讀得到。不過《牛眼和我》仍是有令人意想不到的地方。西西受《香港影畫》委託，到邵氏影城採訪，一組十篇的〈影城行〉是採訪的副產品。她與幾位當時得令的女明星如方盈、李菁、胡燕妮等本來相識，文章把她們寫得活潑親切，別開生面。不過黃繼持、盧瑋鑾、鄭樹森三位教授編的《香港散文選 1948-1969》已收進了西西一九六六年的〈秦萍圓又圓〉，今天的讀者對西西的影星素描不完全陌生，所以還不算真的驚奇。

《牛眼和我》提得最多的是披頭四樂隊，第二名卻不是電影導演安東尼奧尼或高達，而是綽號卓姬（Twiggy）的年輕英國模特兒。她十七歲的時候，得到了「The Face of 1966」的稱譽，接着的幾年紅遍歐洲、美國和日本。是的，《牛眼和我》談了很多時裝。西西告訴讀者，今年冬天「不做一件天鵝絨的裙子的話，那你大概是有點落伍了」，衣料不要有圖案，現在最流行是黑色，深咖啡、紫羅蘭的紫色也可以，記得鑲花邊，領口、袖口都需要，花邊要闊，還可以在花邊的洞洞中穿一條絲帶。這是英國風格。今年法國的風頭比不上英國，但也有特色，他們穿長的彩色襪，低膝的長靴，無領皮草大衣，裏面配樽頸的毛線衣。美國則不用多提了，去年穿甚麼，今年還是流行那些，沒有時裝（〈鏡子鏡子掛在牆〉）。西西又建議女孩子要買一本十月號的*Honey*，為了那個教人怎樣搭配內外衣的專題（〈致鳥兒們〉）。她甚至出

了一堆測驗題，考考讀者的時裝眼（〈時裝測驗〉）。

西西欣賞卓姬穿衣的風格，但提醒讀者不要模仿，「如果不是瘦得像卓姬，還是把腰帶忘得一乾二淨的好」（〈衣着規則〉），倒是卓姬特意燙直的頭髮不必羨慕，「上帝對我們特別喜歡，祂給了我們直頭髮」，洗頭後用冷風吹乾就可以了，千萬別要用噴髮膠（〈中國頭髮〉）。護膚也有法門，「實在並非賣貨員在兜生意，要你買一大堆瓶子，而是即使保護皮膚，也得用好些化妝品」（〈吾人之顏〉）。不止這些，西西還談了星座運程、數字占卜、代表月份的花和寶石等。今天的讀者能夠相信這是西西嗎？

前衛文化和消費潮流在《牛眼和我》裏形影不分，它們都代表了「青年」所嚮往的自我解放。嬉皮士固然不在話下，「他們追尋的五大目標是：愛、和平、自由、美和手足之情，他們喜歡的是柔馴、靈性、音樂、美術和詩」（〈耶穌式的長髮〉）；西西在消費潮流中也看到了相通的精神，例如現代室內設計務求「叫你舒舒服服」，凌亂不再是缺點（〈室內〉），牙齒不整齊非但不難看，還會有人喜歡（〈沒有這回事〉）。新的美感把個人放在最重要的位置，不強人屈從於既定的範式。任何地方都可以打破常規，「你要我寫篇明星訪問記，我偏要跑去見見那個明星，但結果寫的呢，和見不見明星完全無關」，西西說她就是這種傻瓜，世界上就有這種人（〈釋牛眼和我〉）。那麼，雅和俗、藝術和商業，也不見得必然壁壘分明，「荷里活被公認是一家大商場，但仍有出色的電影由那裏誕生」（〈銀幕的背面〉）。

西西並非一面倒地追逐潮流、支持青年人，《牛眼和我》其實也談了不少道理，例如勸導青年人不要塗污升降機（〈花面貓電梯〉）、不要抽煙（〈我們不抽煙〉）、要珍惜中學階段（〈學校以後〉）、投入任何一種有益的興趣（〈當舖多籮

籮〉）等等，不過她說得多麼有趣，完全沒有板着臉，令我們一時不察西西就是張愛倫老師。可以說，西西在專欄裏沒有忘記她的教師身份，她仍舊指陳是非，但對於新事物，她總是寬容看待，「不喜歡就不喜歡好了，一點都無所謂的，就是別否認人家的存在」（〈披頭四如此說〉）。《我城》裏有這麼一個片段：「人口膨脹了的城市，突然變成年青人的城市了。這麼多的年青人，這麼多的孩童，城市忽然是他們的。是明天麼，是十年後麼，不。城市不是二十年後才是他們的，城市如今已經是他們的了。我現在站在這裏的這一間課室，是一個理想的學習的場所麼。瑜陷入了沉思之中。」這段話從教師的立場思考青年教育問題，在小說中並非孤例，這是《我城》裏的另一種聲音，在七、八年前的「牛眼和我」也聽得見。

可是專欄不是作者的私人花園，不是想說甚麼就能說甚麼。一九六〇年代的《快報》香港各大學圖書館都沒有完整收藏，香港中文大學圖書館所藏之中有三天登載了「牛眼和我」，可以讓我們一瞥西西當年發表作品的園地。那時候的《快報》每天有兩個副刊，各佔大半版。「快活林」刊登武俠、歷史、言情等類型的連載小說，是主力的副刊。「牛眼和我」所在的「快趣」內容較龐雜，除了一篇連載小說，還有怪論、命理奇談、實用醫藥知識、時事短評、雜文、漫畫等。就這三天的「快趣」所見，包括「牛眼和我」在內的雜文專欄共有四個，南蠻（任畢明）的「扯東拉西集」、尖沙咀的「天聲人語」談政局和人生道理，圓慧（陳錫楨）的「情去靈空篇」談生活見聞。「牛眼和我」談甚麼呢？現代小說和現代詩、法國女星碧姬芭鐸的衣服、杜魯福的電影《烈火》。光看題材就能發現外來的新事物在副刊裏多麼希罕，西西和其他作者的距離有多遠，相信她和編者都在小心翼翼地測試

園地的底線。

從《牛眼和我》到《試寫室》，當然有些轉變，那除了源自西西文化視野和價值選擇的調整，也當包括在不同時候因應底線寬嚴突破限制的巧心。一九六〇年代西西在其他地方也寫了不少談電影、繪畫的文章，特別是《中國學生周報》，目前已有人在整理，出版後應該有助於分辨兩種因素所起的作用。翻開幾年後某天的「快趣」（一九七四年一月十八日），赫然發現西西「剪貼冊」、董橋「英國通訊」、也斯接手的「我之試寫室」幾個專欄如群星簇聚，還有蔣芸、孫寶玲，都是新一代的作者，新人新事畢竟涓滴成潮了。

最後交代一下本書的編排。正如何福仁先生〈後記〉所說，剪報原來屬於已故的張景熊先生。全部一百四十六篇整齊貼於記事簿上，本書各篇即按照剪報冊的次序。我在中大圖書館找到的三篇專欄都是一九六七年的：〈問他們去〉（八月十八日）、〈破衣服的芭鐸〉（九月七日）、〈杜魯福的烈火〉（十一月三十日）。第三篇和剪報冊重複，前兩篇為新發現，故全書合共一百四十八篇。

「牛眼和我」的版頭由西西設計，剪報冊中共有十一個不同的版頭，每個版頭篇數不同，但總是一個版頭結束後另一個版頭才開始。因此〈問他們去〉以類相從，排在同一版頭的最後（這個版頭只有兩篇，次序即使有錯也差不了多少）。〈破衣服的芭鐸〉的版頭為剪報冊所無，姑且排在〈問他們去〉之後。此外，《中國學生周報》第九九七期（一九七一年八月二十七日）轉載了〈獨行旅行客〉，並注明「原載一九六八年七月五日『快報』副刊」。從這四篇有明確刊登日期的專欄可以肯定，「牛眼和我」在一九六七年八月至一九六八年七月之間見報，但確實的起訖時間無法考得。再從各篇內容推斷，剪報冊似乎並非完全順序，中間有多少沒

有剪存更無法估計。不過能夠讀到西西年輕時的散文，得以重尋她從灰色時期轉向快樂時期的足跡，已經非常幸運了。

樊善標

目次

1

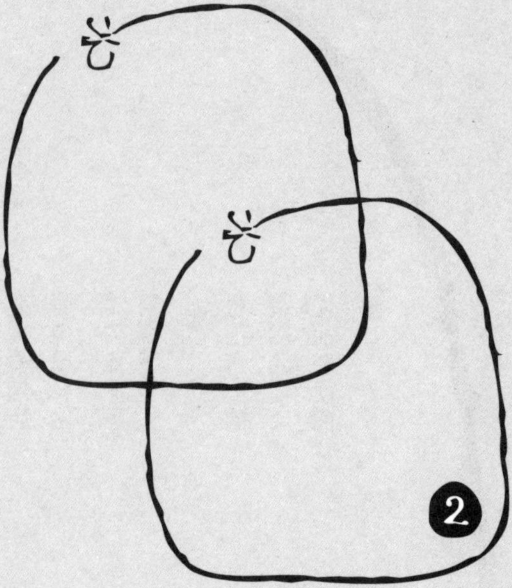
2

3

4

16

電影劇場

大家都在想，這個世界還可以變一些甚麼新藝術出來呢？藝術跑到電影這一個驛站，就懶洋洋地呆着不肯走了。但是，因為大家實在想不到變一些新東西出來，所以，就只好讓電影暫時做做最二十世紀的藝術。

有人就想，不如把電影和舞台劇拖在一起吧，這樣也很新鮮的，既然這些日子有了荒謬劇場（人會變犀牛，人會死等一位答應要來而實在很失約的神之類），又有了殘酷劇場（活生生把一名嬰孩用石塊扔死之類），那麼，就多一個「電影劇場」吧。

電影劇場實在是十分有趣的，台上有銀幕，銀幕上有電影畫面，但台上另外還有人一起演，情況可熱鬧啦。如果找梁醒波來就開心了，銀幕上映的是梁醒波，台上走來走去的又是梁醒波自己，一個也可以唱雙簧了。

我在一部高達的電影《槍兵》裏就見到有一幕很有趣電影和真人一起表演的

活劇。《槍兵》裏有一個兵，是個沒見過世面的鄉下人，他跑去當兵，一直打到城裏。一天，他就到電影院去看電影了。當時，電影正在放映美女出浴，畫面上有個大浴缸，一位美女走到鏡頭前站一陣，假裝要脫衣服，但鏡頭一搖，美女走到銀幕外去了，這時，那個兵可緊張，急急離座，走到銀幕另一邊去引領張望，他當然甚麼都看不見。不久，美女坐進了浴缸裏，露出了頭、手臂和腿，那個兵這次竟跳上台去了，但他站在台上還是不夠畫面的浴缸高，就拚命的在那裏往上跳，朝浴缸裏看。過了一陣，他又伸手去摸畫面上美女的手和腿，結果，因為又緊張又忙亂，竟把整幅銀幕扯破了。放映機沒有停，畫面都放映在牆上，電影裏的美女還在那裏微笑。

這就是「電影劇場」了。當然，真正的電影劇場氣氛會嚴肅得多。

歌和花和愛

上一代啊，你們知道現在的我們怎麼樣了嗎？如果你知道我們已經變了，相信你一定很快樂的。

我們現在不瘋瘋癲癲的了，披頭們也乖了。讓我把三藩市的年輕景象告訴你，好讓你也歡喜。

我們都變作花童了，以前，你們叫我們做浪蕩青年，現在，我們都是花童了。我們不頑皮了，我們愛聽靜靜的抒情的歌，像詩那麼美麗的歌。在民歌的音樂會上，我們都像懂事的大孩子，一吵都不吵。我們帶了許多花到音樂會上，把鵝蛋花、小雛菊都插在髮上，然後把花送給朋友。我們覺得，每一朵花就是每一份愛，我們要把愛交給朋友。

世界是多麼美麗可愛啊，花就是那種樣子，一切的快樂都是花的形狀的。這些日子，我們忽然就長大了，我們忽然知道，我們要愛這個世界，要愛每一個人，我們對每一個人說：我們愛你。我們是用花來說的。

啊，母親，你們的孩子，現在不是狂蕩的浪子了，他們都是花童了。他們靜下來了，學會容忍了，見到了生命的美麗的一面了。

於是，我們忽然的就變作了「花的一代」，大家都在做着「花的力量」的運動，把「花」傳播到四面八方去，叫所有的人都把花送給別人，因為那就是愛。

事情是這樣開始的：六月的洛杉磯舉行了一次大大的流行歌音樂會，全世界的名歌手都來了，大會上，每個人都戴上花，那是一個歌和花和愛的集會。參加大會的人回國時，像朝聖歸來的信徒，把他們的訊息傳開了。

從那天起，這個世界的年輕人就獲得了訊息，他們都一起愛花，愛他們的父親和母親，愛他們的朋友；唱他們的花和愛的歌。

耶穌式的長髮

大家有沒有認為，耶穌長了一頭長頭髮就很像女孩子呢？所有的人，大概都會覺得，耶穌長了長頭髮並沒有甚麼不妥。對了，那麼大家為甚麼偏偏要反對現在的男孩子長長頭髮呢。

耶穌並不像女孩子，而且，他的頭髮實在漂亮。

三藩市現在是浪蕩青年的家，許多喜歡自由自在的人都跑到那小小的伊甸去，他們大部分都留長頭髮，頭上掛着珠串，身上垂着鈴，頭上束一條闊帶。

浪蕩青年們就在學耶穌。有的人以為：浪蕩青年是骯髒的、沉淪的、憤怒的、消極的。人們全看錯了。浪蕩青年們剛好相反，他們不髒，只是服飾陳舊；他們不沉淪，一直在自救救人；他們不憤怒，一直是和平的；他們也不消極，他們努力在建造一個更大的伊甸。他們要自己開辦學校，自己當老師，絕不把孩童當鴨子般填。他們要有自己的醫生，努力去像我國的神農氏，把百草嚐遍，找出良好的藥材來。

以前，美國有一群比尼克青年，現在的浪蕩青年和他們並不同，浪蕩青年從來不惹事生非，並不反對異己。他們追尋的五大目標是：愛、和平、自由、美和手足之情，他們喜歡的是柔馴、靈性、音樂、美術和詩。

他們在身上掛了鈴，是讓別的浪蕩青年知道彼此是同類，而且鈴聲又很動聽。（古時候，患痲瘋的人才在身上掛鈴，表示不潔。）他們在頸上掛木的珠和玻璃珠，是表示一種宗教上的虔誠。他們髮上束一條帶，有四層意義：使頭髮不會遮住眼睛。模仿一下印地安人，因為他們最接近神。設想那是聖者頭上的光圈。最後，是為了裝飾。

至於他們為甚麼愛穿有長帶子綁腿的涼鞋，他們說，那是凱撒大帝時的服飾，他們愛古代，不愛現在。

這樣的城市

那個城市，像一枚腐爛了的牙齒。

以前的綠茵，現在放滿了電單車，瘦狗和肥鼠在街上走過，塵土焦死了樹木。兵士們都在街上，女人們招喚他們：「買一杯茶給我吧。」在那個城，女人們要的，不是酒而是茶。

孩子們都瘦，都髒，眼睛大，手很多。當你走過大街，是孩子們拿走了你的打火機、錢袋、手錶、相機。而在你的前面，一個小孩正在拉着你的臂：「先生，給我五個彼亞索吧。」五個彼亞索錢幣，是我們的一毛錢。

街上有人力車，坐着遊客。街上有三輪車，擠着三個成年客。的士在街上駛過，的士老得像我們的祖父。一輪小電單車上，是父母和他們的三個孩子。

路是泥的。乾燥的日子裏，它是播塵機，下雨的日子裏，它是愛泥的大水牛才歡喜的地方。那裏有風季，從五月直到十月，每天下傾盆大雨，但天氣照樣熱。這個城市只有兩個季——又熱又乾的季和又熱又濕的季。

晴朗的天空有煙，你只當作看不見，因為城外正在打仗，已經打了幾年了。直升機就是事件的警報。

人死得很多，像算術課上數數目。報紙上有屋宇的廣告，價錢是天文的數字。甚麼時候你可以上街，要看街上的氣候。午後七點的的士費是五塊錢，但到了十點半就漲到二十塊。而那時候，妓都在街上，一千個彼亞索就陪你到天亮。

一個美麗的城市，人們都要生存，只講生存的時候，沒有人知道甚麼叫生活。窮和病總是手牽手而來，而外面在叫着「我們給你們援助」的手，始終還沒有伸到。

這個城市不是故事裏的，因為它就是西貢。

戰爭是一個深淵。

倫敦的地下

倫敦怎麼會成了一切時裝、文藝的中心的呢？那就要數「地下」的功勞了，「地下」怎麼會忽然變出來的呢？那就要打從一群詩人們説起了。

一九六五年的六月十一日，是一個漂亮的晚上，倫敦的阿爾拔會堂舉行一次世界詩人朗誦大會，會堂裏擠了七千人。事後，知識分子、文化人、藝術家都覺得倫敦的藝術氣氛不壞呀，群眾很可愛呀，於是那些前衛的藝術先知們就開始推動地下篷車的輪了。因為紐約已經有了「地下」，巴黎又有了「事件」，倫敦要是沒有，十分沒有面子。

於是，有兩個人開了兩間店，都叫「英迪卡」，是先兆、指示的意思，一間是書店，一個是畫廊。賣的書本、展覽的畫都是最新最第一線的，而且，書店和畫廊都隨時可以用來作朗誦會所，或舉行音樂會，放電影，為了把整個倫敦在做甚麼、整個世界在做甚麼告訴大家。他們出了一份「國際時報」，簡稱「它」。這份報紙創刊號出版，來慶祝赴會的人才多哩，不管是愛文學的、音樂的、時裝的、一切的，都來了。安東尼奧尼和蒙妮卡維蒂也在擠呀擠。（要不是和地下這麼有交往，安東尼奧尼哪裏拍得出《春光乍洩》。）

「地下」要做的是甚麼呢？他們的口號就是「全面探索」。以前，文藝總是各自為政的，音樂的不理時裝，芭蕾舞的不理流行音樂，但現在是匯了一個大主流了，把所有支流合起來，全面地流過去。「地下」是使人興奮的，因為他們都是青年人，而且重要的是，這已經不是頹廢的一代，他們是樂觀的。紐約的「地下」以電影為主，但倫敦是全面的，今日，倫敦已是文化的中心了。現在的藝術家要去的地方已經不是巴黎、意大利，而是使我們如此嚮往的倫敦。

編織蒙太奇

有許多字，本來淺淺的，給人講呀講，越講越深，變得十分玄虛。像蒙太奇，這個字並沒有甚麼古怪，法國人根本不當它是一回事，但經過電影一採用，你也談蒙太奇，我也談蒙太奇，結果，大家一見到這個「字」就怕。

蒙太奇是個法國字，一點也不深奧，並不一定要談電影才提到它。說起來，蒙太奇還是女孩子的好朋友哩。假設現在我們要打一件毛線衣穿穿了，我們翻開一本法國的服裝編織書，看看圖，喜歡的話，就可以照書上的編織指導學了。書上會很清楚的說明，要買多少毛線，前身怎麼織，後身怎麼織，花紋又怎樣等等，然後，「蒙太奇」這個字就出來了，那就是說，你把織成的碎片接合起來的一種方法。

所以，蒙太奇就不是甚麼高深玄虛的字眼，那不過是「弄好」的意思，我們在編織毛線衣時其實就在那裏搞蒙太奇了，這才真正是自編自導哩。照英文的編織書的說法，到了要把織成的碎片縫合起來時，就說是making up，而這，誰會認為是好深奧的一件事。

說到化妝，那又是一種蒙太奇的工作，你就把許多的東西放在臉上去，像繪畫一般。繪畫是在空白的畫布上安放一些東西進去，這，就是最最原始的蒙太奇的意思。

當然，現在因為有了電影，名詞就滿天飛了，甚麼尺度蒙太奇、意識蒙太奇，幾千幾百種，你說你的，他說他的，鬧成一片，真是活見鬼。至於我，我可甚麼都不管，蒙太奇就是一種把一些東西（不管是畫面或色彩或光線）怎麼好好地放在一起的方法。知道這些就夠了，至於甚麼尺度啦、意識啦，就留給大導演們、大影評家們去研究，只希望他們別以為蒙太奇是他們的專有名詞，這世界還有化妝蒙太奇、編織蒙太奇哩。

軍曹的寂寞心

披頭四們總是使這個世界很熱鬧，他們總是給我們一種漂亮的反叛風景。現在，他們又出了一隻新唱片了，叫做：《彼柏軍曹的寂寞的心俱樂部樂隊》。

喔，披頭四們真聰明了。如果他們一天到晚是披頭老模樣，大家就一定看厭的，現在他們一變，變作四個彼柏軍曹了，這樣，他們就穿上軍曹們的戎裝，紅黃橙藍地顏色起來，又把MBE勳章掛在襟上（穿軍服戴勳章，多合情合理）。軍人們本來是持槍作武器的，但他們持的是樂器，又是喇叭又是笛（結他都藏了起來），活像一隊軍樂隊，着實新鮮。

軍人們都是很寂寞的，所以披頭們就叫這一隊是軍曹的寂寞心。因為寂寞，當然要我們集在一起就可以不寂寞了，所以，就有了俱樂部。有了俱樂部，當然要有樂隊才熱鬧，所以，就有了彼柏軍曹的寂寞的心俱樂部樂隊。披頭們這一來，實在是把狂迷都拉進他們的俱樂部裏去了，他們不過是出一張新唱片，但聰明得沒人不佩服。

披頭四的新唱片有一個書型封套，封裏像兒童玩的紙娃娃設計，印了不少圓徽章，有的是樂隊徽章，有的是披頭相片，樂迷就可以把這圓章拿下來，插在襟上。每張唱片又附有大型的披頭彩圖，可以貼在床頭的牆上。此外，還有假鬍子，讓你扮成狂人的模樣。封底還印有歌詞。

至於唱片的內容呢？和以前披頭們唱的歌完全不同了，以前的是又吵鬧又喧嘩的，現在可柔和多了，幾乎是復古了。你聽呀聽，覺得那已經不是叫喊，不是叫「救命」的喊，而是在「唱歌」了，連樂器都變了樣子。

披頭們的姿態一直是創新的，這就是他們一直到現在還是樂隊之王的緣故，我看，我們每個人實在也該買張他們的新唱片聽聽的。

方法的潮退

有一種演員，我們叫他們做方法演員。方法演員就是懂得方法演技的人。方法演技就是一個演員在演戲時，要把「我」完全扔開，演一個皇帝時就把自己融成皇帝，演一個乞丐時就把自己融成一個乞丐。方法演技就是一個演員把自己鑄成要演的角色的一種技法。

我們說，這個人演甚麼像甚麼。我們說的人是一個方法演員。所以，當我們見到一個大明星演一個鄉下姑娘時，居然走路像交際花，皮膚白白，手戴鑽戒，一派城市面譜時，我們一點都不用生氣，因為那個大明星不是方法演員。

發明方法演技的人叫做史丹尼斯拉夫斯基。他的方法演技大綱和他的名字一樣長，不外是說，當你演甚麼，就把自己完全投入。他的徒弟很多，有一個回到美國創立了紐約演員協會，時維一九四七年。從那時起，荷里活的明星，真心假心地去上課的實在很多。

方法演技的好處是它不贊成大明星制度，不同意個人風格，反對戲劇化。它的缺點是太過苛求經驗，對演員的要求過烈，花時間太久。照真正的投入角色的培養時間，創始人認為要九個月，和懷孕一個胎兒一般久。

現在的方法演技正在退潮。原因之一：電影需要的演員並不苛求「鑄」成的，而是原有的。像《春光乍洩》的大衛漢寧斯，他本來就是那種典型的倫敦人，所以，沒有理由要找一個馬龍白蘭度來「鑄」成他那樣。原因之二：德國的戲劇家 Brecht 剛好不贊成方法演技，他認為觀眾們應該覺得自己是在戲院裏，是在看戲，保持頭腦清醒。演員們不必把觀眾套在一起，活像流行音樂，老愛台上台下打成一片。

方法演技將怎樣我們不知道，但它給過了我們洛史德加和馬龍白蘭度這樣的好演員是事實。

我們要書僮

哎呀，哎呀，我們的那些書，重死啦。最好就是像梁山伯那樣，有個書僮做做跟班了。也不知道為甚麼，我們讀的課本會越來越多，書本又越來越厚，如果書再重些，我們都要給它們壓扁啦。

數學書是最要命的，數學書一共是四大本，三角、幾何、代數、算術，本本幾斤重，而老師常常是愛教哪一本就來一個即興，沒帶書，記小過一次。這樣子，你有甚麼辦法不每天捧四大本厚皮書去上學。

我們現在用的書包，實在也不能怪它的，它也夠大的了，如果拿它去游水，足足放得下五個人的泳衣和毛巾，但，書一跑進去，它就時時刻刻巴士一般地擠沙甸魚。至於那些生物實驗、化學實驗大冊子，總是被擠在外邊的，碰上下雨天，又是雨衣，又是雨傘，又是書包，又是大冊子，做學生可真辛苦哪。

還有，我們那些做女孩子，平日校服是裙子，上體育時要穿體育袴，大家都知道，體育袴是最迷你款式的，當然不可以穿了滿街跑，這時候，就得另外帶一個大布袋，盛了體育衣服，有時還包括一雙鹹魚，真是重加一等。

有一天，我在街上，真的看見一個人提了兩個書包，因為一個書包就是裝不下所有的書。唉，我們如果有個書僮幫幫忙就好了。要是沒書僮呢？就只好請兩種人幫幫我們想辦法。一種是商人，要他們替我們設計一種又大又堅固又輕又防水的大書包。另一種是學校人，要他們替我們在學校設一些櫥，好讓我們不必每天做活動搬書機。

葛量洪師範的學生就開心了，他們原來每個人有一個小櫥在學校內的，大家自己配一把鎖，就可以把一些不必常常搬來搬去的東西放在裏邊，如果我們的學校也這樣為我們想想，我們一定唸多幾遍主禱文和玫瑰經。阿門。

鏡子鏡子掛在牆

鏡子鏡子掛在牆，漂亮時裝在何方？

這個冬天，漂亮的時裝又是英國走在前面了。潮流流呀流，流到十九世紀的浪漫時代去了。所以，如果現在你要縫新衣服了的話，可以翻翻書裏的插畫。你去看看王爾德、拜倫、雪萊、濟慈他們穿甚麼衣服吧，那些有很多花邊的襯衫，正是今年最時髦的款式。

不做一件天鵝絨的裙子的話，那你大概是有點落伍了，冬天的衣料，已經把有圖案和花紋的趕走了，現在是純色的深咖啡、紫羅蘭的紫，最流行的卻是黑，但記得要鑲花邊，領口上、袖口上，都要。花邊要闊，還可以在花邊的洞洞中穿一條絲帶。這是英國。

鏡子鏡子掛在牆，法國時裝又怎樣？

法國今年的時裝比不上英國的風頭勁，而且也設計不出甚麼新款式，足以匯成一個潮流，但法國人在大衣上着想，今年的巴黎，將是一個動物園似的冬季。巴黎人今冬多穿長的彩色襪、低膝的長靴、皮草的大衣。大衣沒有領，裏面配樽頸的毛線衣。巴黎的大衣今年用來配汽車，汽車是小小的，瘦身瘦得只有三百三十磅，每小時走二十五里。巴黎人今冬戴假髮，和倫敦人相反，倫敦人垂長的假髮，把短的蓋着，巴黎人卻戴假的短髮，像男孩的一般短，把長的蓋着。

至於美國，說來傷心了，美國今冬沒有時裝，美國女孩去年穿甚麼，今年還是流行那些，因為所有的風頭都給英國搶去了。英國女孩打的是英國流行的大領帶，戴的是英國流行的大手錶，一切都走在前頭，連巴黎也落後了，美國還有甚麼好說。美國只時裝了一點紙衣服，就沒有了。

披頭四如此說

不喜歡我們無所謂，就是別否認我們。

披頭四如此說。

披頭四他們說得對。

世界上許多人都喜歡蠻不講理；他們大概才是最標準的存在主義的信徒。他們百分之一百是這樣的：他們喜歡的，那東西就存在；他們不喜歡的，那東西就不得存在。

邏輯裏邊早就跟我們清清楚楚地說過了，如果一個人長得不高，就說他不高，沒有理由一定要說他矮，不高就是不高，不高的人不一定就是矮。同樣的，一塊黑板如果不黑，就別說它是白板，不黑的東西沒有理由一定是白的（又不是老師在那裏測驗相反詞），一塊黑板不黑，難道它不可以是綠板、紫板、紅板、黃板的麼。

許多人不喜歡披頭四的音樂，真要命，因為他們不喜歡，就說披頭四的音樂不是音樂。我真想知道，那麼我們把那些歌叫做甚麼好呢，它們不是音樂，又是甚麼呢。不喜歡就不喜歡好了，不喜歡的話，就大叫說：我不喜歡披頭四的音樂好了，沒理由說披頭四的音樂不是音樂。

學過邏輯的人從來不會這般胡說八道。所以，如果你不喜歡現代詩，就大叫你不喜歡現代詩好了，不用大罵這些詩不是詩。所以，如果你不喜歡現代畫的話，也用不着大罵這些畫不是畫，你可以對全世界的人說你不喜歡這些畫。

不喜歡就不喜歡好了，一點都無所謂的，就是別否認人家的存在。人家是人，你就得承認人家是人。你可以不喜歡這個人、這些人，犯不着叫他們做甚麼甚麼豬、甚麼甚麼狗、甚麼甚麼牛、甚麼甚麼貓。

聖經上說：彼得有三次否認耶穌，出發點雖然不同，否認則一，不被承認實在是一樁極大的痛苦。

問他們去

我們喜歡寫詩，我們看別的人寫，然後自己寫。但是你們說：這是甚麼東西，這種看也看不懂的文字，哪裏是詩。這種像畫圖一般的東西簡直是標奇立異，哪裏是詩。唉，我們怎麼辨。法國那個詩人阿波里奈爾也這樣的，我們不過是學他。就是不知道他不對，還是我們不對。

我們又喜歡寫小說，寫散文；別人怎樣寫，我們也怎樣寫的。但是你們又說：這是甚麼文章，讀都讀不通，古里古怪的，要不得。

喬也斯也寫這種古里古怪的、讀都讀不通的文章的，他可是數一數二的大作家。六月裏的 *Bazaar*，貝克特寫的那篇〈乒〉，你就不管怎麼看，也是一看都看不懂的，像符咒；可是貝克特也是數一數二的大作家，他的《等待果多》全世界都叫好，他還做過喬也斯的秘書，兩個人都鼎鼎大名。

我們還喜歡繪畫，這次，你們搖頭搖得更厲害了，你們說，你畫的是甚麼呀，怎麼像倒翻了顏色瓶似的。我們這次又跟你怎樣解釋才好呢？我們也是學回來的，人家康定斯基就是這樣畫，我們見到了喜歡，就學了。這些原來都不對的嗎？

該有人一早就告訴我們：阿波里奈爾的詩不是好詩，或者，喬也斯的小說不是好小說，或者，貝克特的劇本不是好劇本，或者康定斯基的畫不是好畫。這樣，我們一定不去學他們，一見到他們的作品就理都不理、看都不看。可是，沒有人告訴我們。

只有人指着我們的鼻子，這不是東西，這又不是東西。唉，我們怎麼辦。我們是不懂，請你們哪一位懂的，站起來，說幾句好嗎？不然的話，原諒我們這些傻瓜，若要問我們，那是不公平的，你們得去問那些人，得問他們去。

破衣服的芭鐸

我還是喜歡芭鐸，碧姬的芭鐸。喜歡她老是穿破破舊舊的衣裳，這個人，你幾乎無法從她的衣服上找到一條花邊、一條流蘇。

別的人在那裏穿帳幕一般的大闊裙，她穿一件枕頭袋縫起來一般的簡單得普通得一點都不時款的裙；別的人在那裏穿拿破崙時代的法國女孩子宮廷裝，她穿她的牛仔褲，長長直直的毛線外套，圍一條拖到地上的大圍巾。

但她總是那麼美麗。她也不變她的頭髮，珍絲寶剪光她的頭髮時，芭鐸的頭髮仍是那麼長，柯德莉夏萍的頭髮長了又短，短了又長，但芭鐸的頭髮還是那樣。

在她，每天都是午後，每處都是野外。因為她的衣服都是那樣。別的人有晚上，別的人有清晨，別的人穿她們的鑲珠片的晚禮服，穿她們的一褶一褶的睡袍，但芭鐸沒有。她的衣服都是戶外的，她的衣服都是給陽光的。

他們說：她是穿得最糟的一個。芭鐸完全知道，她完全明白。當你穿得漂亮，他們說你奢侈；當你穿得難看，他們說你吝嗇。芭鐸不去理那些人，因為衣服是穿給自己的，衣服像鞋子，舒服是一種享受。

若是一間商店裏只有兩件商品讓我選擇，一張漂亮的椅，和一張舒服的床，我相信我選那床，因為舒服的本身就是一種美態。

我們躺下，是要土地承受我們的重量；我們游泳，是要海水承擔我們的負荷；我們把疲勞交給憩息，把困頓交給睡眠；我們渴想舒服，因為舒服是一種美感。

而芭鐸總是那麼美麗。她戴扁扁的草帽，常常穿意大利的帆布鞋，坐在林蔭下的石級上，吃香蕉。我想，她是一個真正懂得衣服的人，她總是穿她的衣服，她的衣服從來沒法子穿她。

別墅開放日

學校有開放日，消防局有開放日，連警署也開放過，就是可惜，一些漂亮的別墅，從來不開放，如果別墅能夠開放幾天，讓大家進去參觀，我看，那就比能夠上戰艦去走走還要令人興奮。

見過電影裏邊的古老大屋子沒有？《氣蓋山河》那間怎麼樣，阿倫狄龍和CC跑進去轉呀轉，樓梯彎呀彎，房間多呀多，這樣的大屋子多有氣質。還有，《古堡魅影》的那座古堡又怎樣，又神秘又恐怖，可是，如果能夠進去走走，即使是很怕很怕，也是開心的。

外國是有很多古堡、大別墅、大教堂、古老建築的，這些很神氣的建築物有的現在變作了博物館，有的變作了旅遊勝地，一些沒落的貴族因為古堡銷費太大，就收入場券供人遊覽，這樣，能夠見識見識古老建築的人就很多。加上一些蠟像院、大公園，學生們真不愁沒地方去。

但我們這裏是一個小小的城市，能夠參觀的還不外是報館、汽水廠。能夠上戰艦的實在是少數；而每年的夏天，可以娛樂的也只有入入夏令營划划艇、游游水；冬天爬爬山之類。

每當經過一些漂亮的別墅時，像淺水灣那座，就不禁神往了。它總是把每個人帶回到中世紀去。騎馬的武士啊，美麗的皇后啊，就活起來了。但裏邊是怎樣的呢？裏邊有沒有柱，壁上有沒有畫，樑上有沒有花紋，而那覆蓋着小圓窗的花藤，明春又將開甚麼顏色的花呢。

當然，別墅和古堡都是人家的，而且我們也不希望它的主人變了像沒落的貴族一般，要收入場券供人遊覽；但我們一直在希望，有一天，別墅會打開它的門，讓外面的人進去看看。而我們，也就懷着一份敬意和感激，像進入盧浮宮，或者是西斯廷。現在，且讓我們等呀等等呀等呀等。

海盜船廣播

古時候，海盜船很多，故事裏邊的海盜船總是掛骷髏旗，船上站着獨腳單眼裝着一隻鐵鈎手的船長，這樣的船，現在不見了。不過，現在也有海盜船，而且還有兩大隻，一隻叫加洛連，一隻叫倫敦，很不聽話地在公海上做海盜。

不過，喜歡海盜船的人可多了，愛聽流行音樂的倫敦人沒有一個不愛海盜船。因為這些船就是為了他們而變作海盜的嘛。

大家都知道。愛歌的人都夢想收音機們整天都播放他們愛的歌，不播其他，當然，沒有一個電台辦得到。英國的 BBC 雖然有流行曲節目，但佔廣播量百分之八。英國的官式流行曲廣播台洛森堡，也不是全部流行曲，這樣，海盜船就出現了。

一九六四年復活節的星期日早上六時，南英國伊撒斯外三里半的公海上，停泊着重七百六十三噸的商船加洛連，開始整日廣播流行曲。對於歌迷來說，這可是一項「大喜的訊息，是關乎萬民的」。加洛連在幾個星期內，竟擴充到有七百萬聽眾，許多流行曲在正式電台上不夠運氣被播出的，都在海盜船上聲揚四海了。同年的十二月二十三日，海盜船又多了一艘名叫倫敦，是採用美國式廣播，即電台選出每週最受歡迎的四十首歌（英國式是二十首，香港式是十首），然後每天播五次。這一來，最不開心的自然就是唱片商，試想想，如果歌迷們每天可以聽到他們心愛的歌達五次之多，誰還用得着去買唱片。

英國是禁止私設商業電台的，所以海盜船都是犯法船，但它們躲在公海上，就和古時的海盜一般。最近，有一隊電視員想上海盜船去拍電視，但沒有艇隻肯冒險帶他們上海盜船去。至於海盜船將來會怎樣，那我也不知道了。

等待標貼畫

我在等待標貼畫。我說的標貼畫，是指海報。

美術館舉行畫展，一張張的海報就貼在學校的佈告版上了，甚麼學校舉行嘉年華會，一張張的海報又貼在各式各樣的牆上了。好多的好多的海報都美麗。

音樂美術節那張眼睛眼睛耳朵耳朵的海報可就漂亮極了，那個紅那個綠碰在一起，像個蘋果。但那些海報過了時就不見了。它們都到哪裏去了呢？

賣電影廣告的海報有的也很漂亮，像《春光乍洩》的一幅，我每次坐渡海輪時總是見到它，真想撕一幅下來回家掛着看。至於那些民歌音樂會的海報，四月在巴黎時裝展覽的海報，都是好設計。但時間一過，它們就不見了。

這裏的海報都是非賣品，據我所知，國外有人專做這種生意，海報既然那麼美麗，為甚麼不印多些，賣給喜歡它的人呢？像聖誕卡、明信片（好漂亮的名畫明信片，畢加索呀、克里呀、梵高呀，才五毫錢一張，海運大廈的西文書店就有得賣），都可以印了出售。而我們呢，當我想買一張三藩市的民歌演唱海報，就得寄兩塊錢他們的錢去買一張回來。那麼遠，那麼遠。另外還要郵費。

最近的《生活雜誌》，刊了好多海報，真是羨慕死你。這種海報，是時下全世界最流行的室內裝飾之一，但在香港，找一張都難。香港不是沒有，但誰給你呢？

我就在等兩件事：

大會堂的美術館哪天開一個近年來的新海報展覽，以前已經有過一次了，很精彩，有高克多、畢加索他們的作品。

甚麼時候有海報出賣。因為直到現在為止，我只能把幾張戲劇的《犀牛》、《兩個僕人》海報貼着，已經看了快一年了。

入的和出的

「入」就是指流行，「出」就是指落伍。暫時，倫敦的入和出是這樣（而全世界都在跟倫敦走）：

入——長一點鬍子，即使你才十六歲。在午餐時吃餐，一面看時報。買一九三五年那種七十八轉的唱片。學披頭們把車子塗上花紋。找名人簽名。在流行音樂會後，徘徊在後台不肯走。養一頭貓。騎小輪子的腳踏車。戴公立醫院推薦的細邊圓形眼鏡。跳所有最新的舞。和權威人士談論藥物。在晚餐時自言自語喃喃地唸詩。買鑽石。談及披頭四、前格林威治村黑人歌手亨杜利斯、克魯蘇維斯基王子、滾石樂隊、畫廊主人法利沙、設計家高雷尼。吃朱古力豆，假裝是在吞迷幻藥丸。當古董店關門後，在那裏徘徊。放映自己拍的短片。聽「寂寞之心」樂隊演奏。訂票子去看古老的電影。如果給人問起你一直在哪裏，就答：問我的宣傳人。在清晨之前、黃昏之後，戴大太陽鏡。和屠夫交朋友。加入「寂寞之心」俱樂部。

送給愛人的禮物是——肉店買來的一顆新鮮的豬心。披頭四的唱片。一塊可以鑲戒指的寶石。訂一份最新最前衛的刊。

出——在巴士站作模特兒狀。沒到中午卻給朋友碰見。在名貴的餐室用餐。到電視去參加節目。探訪高貴的住宅區裏的朋友。提到這些人的名字：羅曼波蘭斯基、阿倫真斯保、安地華荷、珍芳達、滾石樂隊的經理史杜。戴指環超過戴在三隻手指上。喝麥酒。光合藝術。

送給愛人的禮物——一打紅紅的玫瑰花。香皂。毛鬆鬆的玩具。米勒夫人的唱片。

以上這些，都是此刻倫敦的入與出。但這些也在變，到了冬天，也許流行的又是另一套了。它們像時裝，每分鐘都不同的，可是，誰不懂這些，誰就是門外漢。

亞當夏娃店

有一間店，叫做亞當與夏娃。這名字並不壞，因為那是一家服裝店，賣好漂亮的男人衣服，又賣好漂亮的女人衣服。既然是賣男人女人的衣服，叫做亞當與夏娃準不會錯，因為亞當夏娃總是沒衣服穿。

怪就怪在那個櫥窗設計。原來櫥窗裏邊放了兩座雕像，是一男一女。起初，我想，男雕像大概是亞當，女的呢，應該是夏娃。可是，我完全想錯了。我把那雕像看看清楚，哈，女的嘛，竟是維納斯，男的嘛，竟是大衛。

維納斯有好多，著名的當然是米羅的維納斯。早些日子，法國把它小小心心地借給日本去擺擺，又小小心心地搬回去。那個像，是雕像。但亞當夏娃店放的不是它，而是波的采尼畫的《海上的維納斯》中的維納斯，頭髮飄飄，站在一隻大貝殼上。相傳，維納斯是從泡沫的海中升起來的，拿她來當作夏娃，除了是女的外，可說沒一點相配。

至於大衛，那是米開蘭基羅的雕像，用大衛來比作亞當倒是可以的，因為大衛是亞當的後裔，而耶穌又是大衛的後裔。幸好亞當夏娃店沒擺上一個耶穌。

為甚麼不找夏娃和亞當的像來放放呢？名雕像裏邊實在是沒有他們。但如果是我，我就去找米開蘭基羅的名畫《創造亞當》來掛掛了，那裏邊的亞當，是全世界最有名，又是大家公認的亞當。另一幅《逐出樂園》也是一幅可以掛掛的畫，既有亞當，又有夏娃。這就比把維納斯和大衛那麼不相干的兩個角色放在一起的好。

當然，我們誰也沒見過亞當和夏娃，正如我們大家都沒見過牛郎織女。如果，要是誰開一間叫做「牛郎織女店」，窗裏放的竟是梁山伯祝英台，那怪不怪。沒有人說不可以，總之就是怪誕就是了。

藝術風 A.N.

Art Nouveau 活過二十歲。生長在十九世紀的末葉。在那個時代，它是一種反叛的藝術風。

維多利亞女皇的時代，古典主義是官式的藝術潮流。但那時候，工業革命正在進行，植物學的研究正在風行。而藝術家對於所有的建築、室內裝置，都看厭了。東方的藝術正向歐洲流去，於是藝術風 A.N. 形成了胚胎。

那是一種歡躍的、豐滿的、閒逸的藝術面貌。那是一種植物的移植。所有的 A.N. 設計離開不了攀纏的藤葉、卷鬚的莖枝，而那空間，總是空靈的，彷彿海洋，彷彿氣層。

若有一座樓梯的欄杆，鑲上彎彎曲曲的鋼條圖案，那就是典型的 A.N.。一張白白的該放在綠茵上的法國椅，椅背上有旋轉的細緻的花紋的，那也就是 A.N.。一枚銀色的襟針，葉形的，彎彎扭扭的；一隻玻璃的花瓶，纏着兩片子葉；一件中國皇帝的龍袍的刺繡，都是那種藝術風。

那時候，A.N. 的風氣像杜褒西的音樂，像馬拉梅的詩，是普普的。像最近，一切都受孟特里安的線條的影響。

每到一個時期，人們便懷古了。現在，我們忽然又把 A.N. 帶到大街上。衣服的布面圖案，海報的設計，貴婦式的卷髻髮型，一個大草字母鑲飾，一盞風味盎然的吊燈，咖啡室的雕欄，椅背，都是。我們知道它們很東方，因為嫦娥的彩帶、中國畫裏的海浪都是那種樣子。

當我們在陸地上已經發掘殆盡，我們嚮往海洋；當我們在超音速的時間中忙碌，我們嚮往閒逸；當我們知道世界如此沒有終結而卻奔跑過去，我們嚮往輕快的心境。是這些，我們在 A.N. 裏邊都找到的。

釋牛眼和我

這一陣，我變了個錄音機了。我每次碰到一個人，就被人一把抓住：喂，甚麼叫做牛眼呀。甚麼叫做牛眼和我。怎麼不是貓眼、豬眼。怎麼不是你、不是他。

好吧，好吧，我就來告訴你們，牛眼就是牛眼，我就是我，等等。

牛眼嘛，你知道，當然不是雞眼。雞眼嘛，你知道，當然也不是一隻大母雞或是一隻大公雞或是一隻小小雞的眼睛。雞眼就是雞眼，長在人家的腳板上、腳面上。

雞眼既然不是雞眼，牛眼當然不是牛眼。所以，甚麼「目露兇光看世界」和我這牛眼一點都不相干。那麼，牛眼是甚麼呀？牛眼，原來的名字叫 bull's eye，是一種現在最流行的裝飾鈕扣之一，那圖案，就是人家用來擲飛鏢、射飛箭、練槍的靶。

牛眼和我，有一個故事。那天，我看到《星期六郵報》上有一幅大大的一聲不響漫畫。一聲不響漫畫就是沒有標題、沒有對白的一種漫畫，那畫裏是一個畫家。原來這個畫家要畫一幅箭靶的畫。其實，這是誰都會畫的，只要畫一大堆圓圈就行。但那畫家是個寫實派，偏要寫生。你知道，寫生就是像畢加索或塞尚那般，畫蘋果時要放幾隻蘋果在，畫結他時要放個結他在。這時，畫家要畫箭靶，他就去寫生了。箭靶的名字既然叫做牛眼（bull's eye 嘛），他就跑出去，找到一隻大牛，對着牠的大眼看了整整一個下午，結果，畫了一幅牛眼回來。

世界上有這種人的，你知道。這種人是天下的第一等大傻瓜。而我呢，剛好大概正是這種人。你要我寫篇明星訪問記，我偏要跑去見見那個明星，但結果寫的呢，和見不見明星完全無關；就和畫箭靶的人呆着看牛眼沒甚麼分別。好啦，牛眼和我是甚麼，我跟你講得一清二楚了吧？

蒙娜麗莎

我早就説過了，世界上有些東西，一點也不特別，但給人傳傳説説，越變越古怪，像蒙娜麗莎就是了。《蒙娜麗莎》當然是一幅名畫，因為人家連納多可是文藝復興時期的三大畫家之一，但大家看連納多的《最後晚餐》啦、《岩中聖母》啦的時候，一點也沒甚麼特別的表情，偏偏一碰上《蒙娜麗莎》，就怪主意多多了。有的説：這為甚麼是幅名畫呢？因為無論你站在甚麼方向朝它看，蒙娜麗莎的眼睛總是看着你的（想想就恐怖了）。有的説：她的笑容是神秘的，你猜不透她的思想。於是有的説她的手漂亮，有的説她的頭髮漂亮，又有的説她高貴。照這樣説，世界上畫低貴的小姐的、畫難看的手和頭髮的畫家，大概別想畫出好的畫來了。

其實，《蒙娜麗莎》也沒甚麼，連納多的技巧是很好，譬如三角形構圖、柔馴的線條、涼涼的和諧色，都是。但這幅畫所以成為「著名」，不外是這麼的一回事：在連納多以前，畫裏邊的人物從來是不笑的。

在連納多以前，畫很多，但畫裏邊的人物都是苦口苦臉的，一副嚴肅的模樣，好像和全天下的人吵了架。蒙娜麗莎是第一個例外，因為她笑。她這麼一笑，大家自然覺得有點親切感，就特別喜歡了。

大家一定奇怪，為甚麼我說《蒙娜麗莎》是連納多畫，並不是大家所知的達芬奇，或者達文西。其實，世界上根本沒有一個達文西，有的只是連納多，連納多是文西地方的人，大家稱他做「文西的連納多」，就像「香港的凌波」、「台灣的柯俊雄」。但在最初的時候，翻譯的人弄錯了，一叫叫了連納多做「文西的」，以為那是他的姓，傳到現在，大家不知就裏，也「文西的」、「的文西」、「達文西」起來了，你說好笑不好笑。

她們

她們現在是這樣子。

她們買天鵝絨的衣服（因為天氣要冷了），衣服上插一朵會發光的花。她們把光帶到衣飾上來了，因為花裏邊是小小的乾電池。冬天的晚上，她們滿街走，街就變成銀河了。

三藩市的她們，把尼龍的衣服和褲子放進雪櫃的冰格裏冰它們，幾個鐘頭以後才拿來穿。她們說：它們這樣會長壽。

她們把古龍水灑在雨傘的裏邊，作一些香呀香的雨中行。她們把浴室的燈泡換上粉紅色的，產生一些浪漫的氣氛。

她們在街上見到一些男孩子，不是說：這些男孩子。她們稱他們做：這些武士。她們不說：你的男朋友，而說：你的武士。

她們被他們在街上碰見，他們也不是說：這些女孩子。他們稱她們：這些鳥。

她們在打倒武士們的壞習慣。砰，打倒他們把梳插在上衣的口袋裏。砰，打倒他們當眾梳頭髮。砰，打倒他們着涼鞋的時候穿短襪子。砰，打倒他們把運動恤的衫尾塞進袴腰裏。砰砰，打倒他們穿了新的麂皮鞋到郊外去。

她們在發牢騷，要把騎士時代復興起來。她們說，現在的武士們沒有一個有禮貌。她們於是叫：穿光燦燦的盔甲的騎士們在哪裏呀？

她們照樣抽煙。而且居然買那隻叫做「癌症」的牌子。但沒有人會為她們擔心，因為她們不過是在演戲；她們有煙，但不抽。

她們喜歡小憩，十分鐘。用她們的枕頭，去枕她們的腳。用她們的頭去梳她們的梳子。

鈕扣衣上插

當兵的人，可以在胸前掛上勳章，不當兵的人，就沒有勳章可以掛了。做學生的人，可以把校徽掛在口袋上，但不是學生的人，就沒有校徽可以掛了。人是生下來喜歡掛徽章的，所以有些人因為沒有徽章可以掛，就插一心口針（女人）或在袋口插一條手巾（男人）。現在的青年人呢？他們不愛心口針或花手巾，就把鈕扣往衣上掛。

鈕扣好多，顏色都漂亮。它們可不是那種要用線縫在布上的那種，也不是真的要來給鈕孔鑽過去的。現在流行的鈕扣，是徽章式鈕扣，像我們星期六早上在街上買的花和旗，有一枚針連着，一插就可以插在衣服上。

誰發明這些鈕扣的呢？浪蕩派。為甚麼要發明這些鈕扣呢？是為了有話要説。説些甚麼呢？鈕扣上都寫得明明白白。有一隻鈕扣上寫的是「作愛別作戰」。浪蕩派們不喜歡戰爭。有一隻鈕扣上寫的是「如果那使你覺得舒服快樂，就做吧」。

所以浪蕩派們喜歡迷幻藥。有一隻鈕扣上寫的是「打倒鈕扣」。浪蕩派們就是這樣的，言論自由，愛好自由。

不一定所有的鈕扣上都有字，有的是圖案。有的是一隻大大的眼睛，或者是又沒字又沒畫，就光禿禿的一片白。這些鈕扣甚麼地方有得買嗎？在香港，我找了很久，找不到。現在有一本叫*Mod*的雜誌，它有。每隻三毛半，一塊錢（他們的錢），三枚。於是我立刻要三隻，請他們寄來。當然，我要的那枚是「作愛別作戰」（因為它是第一隻最叫人注意的，又是現在最紅、最流行的），其他的兩隻是「永遠的現在萬歲」和「別讀這鈕扣」。誰要買麼？以下是地址：8388 Sunset Strip Hollywood, California 90059, U.S.A.

電影語言

看電影，怎麼分別它好不好呢？那簡單得很，看它的「電影語言」好不好就行。「電影語言」和電影對白完全是兩回事，所以，我們不要以為電影裏邊的人物講的話就是「電影語言」，如果這樣想，就沒法把電影的好壞分別出來。

我們總是以為語言就是說話。人當然會說話，話是人的語言。但話只是語言的一種（語言是人用來表達自己的意思感情的一種東西，說話不過是其中一種）。

我們有時不一定講話，我們可能用筆寫，因此，文字也是一種語言。我們有時作曲，因此，音符也是一種語言。有時我們繪畫，因此，顏色和線條也是一種語言。啞巴們不會說話，他們會用手勢來表達，手勢就是他們的語言。我們的眼睛怎樣看，嘴巴怎樣笑，都是我們的語言。

電影，也有它自己的語言。電影就是導演編劇把他們的意思感情表現出來所藉的工具。導演們不必大聲叫喊，不必跑到電台上去播唱，他們只要他們的「話」，用光用畫面、用聲音用對白表現出來就行了。我們到電影院去就看他們用甚麼「電影語言」來表達自己。

因此，電影用不着藉對白「大講特講」的，人和人直接交談時也不一定大講特講。一首音樂也不和你大講特講，但你知道曲裏邊的憤怒或悲哀、憂傷或歡樂，我們聽《英雄交響樂》時，難道有人在説：我很激奮、我很沉痛嗎？但我們知道作曲者怎樣表現他的感情，他的「me me me do」就是他的語言。

我們不懂啞巴的手勢，所以不懂他們的語言。如果我學會了，就懂了。對於音樂、繪畫、電影，也是一樣，我們要懂它們，就要去學懂它們的語言。這要求一點也不過分，你叫一個文盲怎樣看報紙呢，別説是讀文學著作了。

從前你從前我

有兩種人，我們真沒他們辦法。他們有一半喜歡說從前你，另一半卻喜歡說從前我。

喜歡說從前你的這種人，我們碰到他們就倒霉了，通常是我們逃都逃不掉的。譬如說，表姊結婚了，一家人當然就去得七七八八地熱鬧人家的婚宴。這時候，從前你的太太們就全出來了。啊呀（她們總是那麼尖聲尖氣地），小玲長得這麼高啦，真是越來越漂亮了（其實，她心裏只有她的英兒最漂亮）。從前你這麼小的時候（就用手比呀比），梳了兩條小辮子，辮子細得像豬尾一般（氣都給她氣死了）。我要是抱抱你，你總是用腳踢我的（早知今日，當時不多踢幾腳才怪）。現在長得這麼高啦（要命，我是吃飯的，難道會越長越矮）。

碰上這樣的人，你說掃興不掃興。但你逃都逃不掉，只好乖乖地站在那裏由得人家從前你，還要時不時對她怪有禮貌地笑笑。

過了沒多久，從前你的人走了，從前我的人來了。那位胖太太一坐坐在母親的旁邊，一面打開粉盒子，一面打開話盒子。唉（未成曲調先有情）。從前我做女孩子的時候，爸爸媽媽管得我嚴哪（我就沒見過哪一本心理學的書要父母對子女管得嚴的）。從前我小時候哪裏敢穿短裙子（我敢打賭，從前你小的時候，根本沒有人流行短裙），晚上九點鐘就上床睡了（當然，因為那時候你們沒有電視）。現在的女孩子可真不像話啊（真是悶死人）。

至於坐在爸爸對面的那位從前我先生，正拿着一隻酒杯，他說的是：從前我爺爺是做官的（你爺爺做官和別人有甚麼相干），我的爸爸有七個太太（男人總以為太太多就很威風）。從前我小的時候，讀書年年考第一（我明白，他的從前，沒有一件事不了不起）。

廣島・吾愛

「新潮電影」，這名字你當然聽過，但至於新潮電影，我就不知道你看過未曾。也許你看過《春光乍洩》，大家對你說，那就是新潮電影，他們把你騙了。也許你看過《色情男女》，大家又對你說，那就是新潮電影，他們又把你騙了。當然，那兩部都是好電影作品，但並非凡是好電影就是新潮的，同樣的，也並非凡是新潮的電影都好。

我想，你該來看看這個電影了，它叫《廣島之戀》。它是真正的新潮，又是真正的作品。你看了《茶花劫》?那個《五瓣之椿》。《茶花劫》我稱它是「電影」，但《廣島之戀》是「作品」，分別好大。如果要我拿星來分開它們，《廣島之戀》是四顆，《茶花劫》只值一顆。你該來看這個電影《廣島之戀》，它是一個美麗的戀愛故事，又是一段美麗的回憶，黎里導演它，用的不是一般流水式的講故事方法，而是用了很精細很準確很創新的電影文法。如果不去注意這些，你可以看它的畫面構圖美不美，對白打不打得動你的心，氣氛是否從銀幕上面滲透到劇院中來了。

你在找好的電影，好的電影也在找你。但有時候，在你和電影之中，可能有牆把彼此隔開了，因此，必須要一條橋把你們聯繫着。我不知道你是不是一個熱愛好電影的好觀眾，如果是，我希望你先找一本瑪格烈杜拉的《廣島．吾愛》看遍。這本書，是一條很適當的橋，可以把你帶到你正要見的電影前面去。（或者，到時你也可以看影訊特刊。）

我只能告訴你《廣島之戀》是你不該錯過的好電影，除非你把它看了，不然，我們現在可以再講甚麼呢。十月的二十四日，下午七點或九點，請你到大會堂來，你將會不虛此行的。

掘地者

美國的三藩市近來很熱鬧，因為浪蕩派青年到了許多。他們每天戴戴花，在陽光下唱唱歌，散散步，生活可真寫意了。如果世界的人都這樣，大家都會很舒服。不過，有的人就很奇怪，這些人又不做工，吃甚麼呢？怎樣生活呢？大家又不是陶淵明，扔掉烏紗照樣有菊可賞，有書僮可以召喚。

原來我們一點都用不着為他們擔心，三藩市有一群特別的「喜彼士」（彼此相愛的意思），他們會照顧大家，這群人，就是有名的「掘地者」。

十七世紀的時候，英國有群理想家，專門跑去開墾荒地，把種出來的食物分給貧窮的人，這些人，就是「掘地者」的祖先。現在的「喜彼士」，採用了那個古老的名字。

今日的掘地者在當地的諸聖堂地下有一間辦公室，又開了一家免費店，叫做「不用票的旅行」。掘地者專門想辦法找食物，他們負責讓所有的「喜彼士」都不餓肚子。凡是「喜彼士」都可以到店裏去領取食物。免費。

為甚麼有人願意做浪蕩人呢？許多浪蕩派青年並不是一般人心目中以為的傻瓜，或是不上進，讀書不成，沒本領的不良分子；其實，他們絕大部分都是知識分子，大學生還佔了大半。有一個掘地者本來有一份好職業，年薪三萬五千，但他說：我賺那麼多錢，卻一點兒也不快樂，反而在這裏，我找到了和平和幸福。這就是為甚麼有人愛做浪蕩人了。

浪蕩派青年雖然不工作，但也不是每個如此，他們之中有的會努力去做事，賺夠半年錢，便跑回來當半年的「喜彼士」。有的會唱歌，仍然可以在俱樂部收門券。即使很窮，浪蕩青年也活得很好。他們的生活樸素，為人知足且安貧，平日多吃生果，並不奢侈到喝酒、吃雪糕。白開水和白麵包是他們感到滿足的糧食，因為他們把精神衡量得比物質重。

二十一歲

也不知道是誰想出來的，二十一歲才是法定的年齡。總而言之，不管你做甚麼，結婚、領遺產、投票選舉，如果你還沒到二十一歲，沒資格，沒自主權。

二十一歲，那到底有甚麼特別呢，說到結婚，許多人（像我們古代的小姐）十六歲已經做母親了。說到領遺產，許多人十九歲已經賺許多錢，懂得如何養一個家。說到投票選舉，難道一個二十歲的青年就不知道甘納第的死是件叫人傷心的事嗎。

大家一直把不夠二十一歲的人當小孩子，但是，他們在他十八歲的時候卻叫他去服兵役（那時候，就不算小孩子）。十九歲的人喝醉酒打了人，可以拉去坐牢（那時候，就不算小孩子）。滿了十八歲，你可以公然去看「未成年者不宜觀看」的電影，又可以入麻雀館打牌（那時候，就不算小孩子）。

偏偏是，你沒到二十一歲，就不能夠自主地去結婚。不管你和你的男朋友女朋友戀愛得幾乎發神經，你們就是不能自己跑去結婚。其實，你十九歲已經在做事、在賺錢，你十七歲時就會煮飯燒菜，你十三歲就獨自幫母親照顧小妹妹。小妹妹喝的牛奶、換的尿布，都是你的工作，但現在，他們說，你小哪，未滿二十一歲哪，不得結婚。但他們可會派你去打仗，又會把你拉去坐牢。

你怎麼能夠說一個人到了二十一歲就算長大了呢？有的人，才不過了二十歲，就已經活厭了。他們在二十歲就已經知道人活着，真是荒謬的一件事，但大家還把他們當作是小孩子。

你沒到二十一歲。但如果你月入超過一千元，你得付稅，到時，你卻不能說：我還沒到二十一。世界真是個怪世界。現在，許多人就在談談「要不要把二十一歲好好地想一想」這個問題。

愛做夢的人

人的本領雖然很強，但有時候，人又好像沒甚麼本領。說做夢吧，你就不能想做夢就做夢。

許多人喜歡做夢。現實的環境實在太呆了，來來去去的那些人，來來去去的那些風景。做夢，可不同了，你見到的東西，古怪得很，又沒有甚麼邏輯，又非常的意識流。於是，愛做夢的人越來越多。你要寫一首詩嗎？做一個怪夢，那你可就靈感源源不絕啦。你要作一首曲嗎？也去做一個怪夢，你要的聲音，夢裏邊都有，而且，那種情況、感覺，才真是「做夢」也想不到的。

怎樣才可以叫自己做夢呢？以前的人抽鴉片，現在的人則吃迷幻藥。迷幻藥其實一點也不新，幾千年來，墨西哥的印地安人就愛嚼仙人掌，仙人掌會令他們做夢。牽牛花的種子，也和迷幻藥的成分相同，吃多了，也可以做夢。不過，最近的人拿植物大量製造，才有了藥丸一般的迷幻藥。

直到現在為止，還沒有人知道迷幻藥到底把人的腦子搞成怎麼樣，但吃多了它以後，人們可以「看」見聲音、「聽」到顏色、「觸」到氣味。此外，它又可以把人們的注意焦點集中在一件事物、一響聲音上，使你可以花幾個鐘頭對着一隻橙細細看。對於愛做夢的人來説，這簡直是有趣極了的事，因為那種感覺和環境，和現實生活的完全不同。不過，迷幻藥大概和上帝一樣，它給你美麗的夢也給你難看的夢，你事先不能選擇，也沒法預知，那就像一個人跑去看相算命一般，好不好，去過、算過才知道。

迷幻藥很便宜，一塊方糖那麼大才值三十個先令，而製造一粒迷幻丸，不過需要四分之一個便士的分量。算起來，大概等於我們的兩毫子一粒。兩毛錢做一個怪夢，你做不做？兩毛錢一個夢，整整的可以讓你發足十二個鐘頭。最近，還有一種叫 STP，更厲害，吃了它，可以做一場七十二小時的夢，等於 LSD 的六倍。這種夢做了會否醒來，誰知道。

室內

室內設計是有潮流的。今年，室內設計的面目又新又有趣，如果你家裏還是以前那一副硬生生的冷冰冰的模樣，趕快替它想想辦法。

以前的室內設計不外是絕對清潔整齊，絕對一塵不染，紅沙發配黑椅木，或者咖啡桌子配橙黃桌布。所有的東西又都一套顏色，綠的燈，綠的花瓶，綠的煙灰缸，唉，那是多麼悶死人的佈置。而且，牆上老是金框鑲着的大油畫，窗前總是重重的厚窗簾。這種裝飾，對不起，不夠現代，不夠活潑。其實，室內設計專家在害你，因為那種「各就各位」的佈置，只適合拍了照片登在書上，絕不是給活生生的人住的。試想想：那張又整齊又漂亮的桌子，你放多一件東西上去就把整個設計破壞啦，而且，那麼了不起的一番佈置，就因為多了你自己站在裏邊，竟一點氣氛也沒有了。

現在的室內設計，重視人，不重視物，因為室內是讓人活在裏邊的。現在的室內設計，注重「隨便」、「凌亂」，你可以把書本報紙亂扔，可以把汽水瓶咖啡擱在鋼琴上、地板上，一點都無所謂，因為整個設計就是叫你舒舒服服，見到一堆凌亂的美態。

地上的地氈，現在是掛在牆上的，牆上還可以貼海報。漂亮的花瓶，如果夠肥，不該用來插花，該用來養金魚。花要插到燈罩上去，大大的紙花還可以滿地扔。地上要堆一大堆軟墊。唱片、書本，都不該有一定的位置，隨看的人、聽的人高興，只要室內仍有一些地方可以給你放下兩隻腳。

顏色越多越好，怪東西越多越好，最第一流的現代室內設計是怎樣的呢？像一間古董店。如果誰家裏擺得像古董店加上像廣告公司的窗櫥，那大概差不多了。當然，要是你的室內設計那麼成功，卻又有人會認為你在發神經。

織織復織織

是的是的，天氣要冷了。是的是的，我們要穿毛線衣了。是的是的，今年要流行裙子大衣了。是的是的，現在正是打毛線衣的最好的時候了。

女孩子，不會打毛線衣的話，那算是甚麼女孩子呢？你看，人家《入錯棺材死錯人》裏，男人也在那裏織呀織。

今年，織毛線衣可偷懶不得囉，去年、前年，我們很聰明，大家都變了懶女孩。我們買粗的毛線，比穿着百葉窗簾的繩還要粗的毛線，又買最粗的織針，比鉛筆還要粗的織針。這麼一湊，打一件毛線衣才快呢，即使你每天上上學，晚上還看看電影，三天也就織成一件毛外套。要是你星期天乖乖躲在家裏，一天就可以把新毛線衣織好。那時候，流行嚤唏冷，毛鬆鬆的，穿起來又暖又厚，活像一隻肥大羊。

今年，這樣子可不行了。今年，可偷懶不得囉。不得買粗得很的毛線，不得找粗得很的織針，也不得找毛鬆鬆的質地。誰聰明，誰就該買最細的珠冷，不然的話就買最細最細的光身冷，顏色都不顏色一番。

最好是一個星期也織不起一件，因為今年大家要花好多時間織織復織織，雖然是短短的迷你裙。你當然明白，今年的毛織品要織得像地氈那麼濃密，看起來像一幅呢絨，至於一個個大洞小洞的，那是夏天的毛線衣。

顏色嗎？那要先想想你要怎樣配襪子和鞋子和手袋。你應該早就明白，從年初起，鞋子和手袋早就在顏色上分了家，鞋子的顏色跟裙子走，手袋是獨立的，或者寧可跟襪子走。穿紅襪子時，該穿綠的純色的直身裙，那是對比色，如果穿綠襪子配綠裙子，那麼裙子上可以加多一些裝飾色。還有，網襪流行的，白的絲襪則完全落伍了。

朋友男朋友女

甚麼叫做男朋友呢？

男朋友，就是一個很捨得請你看電影和上餐館的人。有時候，他們像蒼蠅一般老盯着你。有時候，他們會送你書，或者花，或者糖。但當你做夢似地聽到教堂美妙的鐘聲時，他們卻溜得一乾二淨。

在沒有別的男朋友之前，你現在的男朋友總是最好的，他會對你說你很了不起，你也覺得他很了不起。你心裏本來想和他靜靜地坐在公園裏看看花，但竟然傻到會和他一起去看足球。

你不喜歡他見到你一頭捲髮筒時的模樣，但又希望他將來會每天見到你一頭捲髮筒。你所以縫了那麼多新衣服，原來又都是為了他。你拚命節食、做早操，雪糕都不吃，早上塗甚麼甚麼霜，晚上抹甚麼甚麼水，又是為了他。他把你變作了電話的奴隸，有時候，簡直令你傷心得想死。最重要的一點是：所謂男朋友，就是一個也許你一生一世不會再理睬他的男人，或者是一個你要一生一世替他補破襪子的男人。

甚麼叫做女朋友呢？

女朋友，就是那種令你忽然變得很乖的人。你不在她面前抽煙、喝酒、講粗口、大談花街南北。並且，你會梳好你的髮，打好你的領帶。你本對狗一點好感也沒有，但為了她，你會由得牠舐你的鼻子。

她們是唯一叫你不用買寒暑表的人，因為天氣冷或熱，均由她們自己操縱。此外，你也不用再去釣魚，她們會把逛公司來代替你這「訓練耐心」的工作。

她們是你的神，除她之外，你不可拜別的人。她們永遠是你心目中的聖誕樹下的禮物或一張未開彩的獎券，你就一直在那裏急着知道結果。

兩人同行

柯德莉夏萍叫做鍾娜。阿爾拔芬尼叫做馬克。因為那是一個電影。

鍾娜和馬克一起到法國的里維拉去度假。陽光燦爛。海水湛藍。雀鳥吱喳。一切都美好。那是電影的開始。

他們因此會戀愛，你想。電影收場時，他們會結婚，你想。但不，鍾娜和馬克一起到里維拉去，他們有四天的假期，這是電影的開始。而在這開始，鍾娜和馬克，已經結婚十二年了。

他們並不快樂。直到現在，十二年了，他們誰也沒有做錯甚麼，但他們並不快樂，要怪只能怪他們結了婚。

馬說：我從來沒想到要結婚。並非我反對性，而是我不適合簽那種合同，那種「長相廝守，相親相愛，品行良好」的諾言的合同。

不過，他們結了婚。最初的時候，他們的確曾經相愛，彼此發誓忠誠和永恆。

那時候，他們住在一個廉價樓宇的底層，有一輛只容得下兩個人的跑車，那時候，歡樂最多，笑聲豐富。

他們有了一個女兒。這樣他們就做了父母親，晚上沒一覺好睡，早上起拚命去賺錢。他們搬進一間較寬大的樓宇，替女孩請了一名保姆，小小的跑車變了一輛房車。他們不再兩個人，每逢度假，不是帶着女兒，就是連着一群朋友。

他們不期望這樣的，但一切竟發生了，而誰也沒有做錯甚麼。他們睜着眼，看着他們不再快樂。於是他們兩個人自己度假，希望找尋一下以往的歡樂的時光。

那是一個電影，但那種感情很真。

我只是想說，誰還沒結婚就應該知道所謂戀愛，其結果也不外如此。至於結了婚的，不妨抽空兩人同行，去度一次假吧。

書本買賣大會

一個人，最不捨得扔掉的，大概就是書本了。鞋子穿破了，大家很開心地又去買過另一雙，舊的呢，扔得一乾二淨，眼睛也不眨一下。至於書，那就真的難分難捨。即使是破得又沒封面，又缺了幾頁，甚至開始蛀了蟲，大家還是不肯一扔了之。要一個人把他的書本投進垃圾桶，那大概要他把自己的女朋友扔掉還容易些。

我們每個人都會有些書的，在這些書裏邊，老實說，一百本中倒有十多二十本是自己不再喜歡、不再看，也不會再翻翻碰碰的了。尤其是一些小說，看過一次之後，如非忽然要特別研究，大概也就因此再無見面之日。但是，我們絕不會把那些書投進垃圾桶。因為，書本從來不是廢物。

因為書本從來不是廢物，大家就把它們全收着藏着，結果，滿屋子都是書。誰要看嗎，可以，借吧。有書的人也不喜歡把書送給人，最多是借，還要你是老朋友才有得商量。

現在，我就在為一些書擔心，又為一些有很多的書的人擔心。他們將來會怎樣？我覺得，我們還是試試來一個「書本買賣大會」吧，這個會可以每年舉行一兩次，或者每季一次，到時，找一個闊大的場所，大家把自己不要的書捧了去，標上價錢，把它們賣掉。既然你根本不要那些書了，何不把它們廉價賣給一些喜歡它們的人呢？你多打一點折扣，收回一點錢，買的人少出一點錢，找到他們要的書，豈不好。你就不會痛心得見到一篇好文章包花生那麼難過。也不會見到一堆你明明不要的書早晚瞪着你。

書本不是廢物，是不應該扔掉，買賣公道。有的書商收買課本和一些特別的書，他們愛錢多些，那是做生意。我們不那麼辦。如果有個書本買賣大會，我們就好辦。

中國頭髮

那很好。我們都是中國人。我們中國女孩子的頭髮都黑、都直、都柔。那很好。

我們其實最用不着擔心的，就是我們的頭髮。你知道外國女孩子如何哭泣過她們的頭髮嗎？她們天生一頭不乖不聽話的頭髮，偏喜歡彎彎曲曲，有的彎得像乾粉絲，又硬又脆。

那些藥品店裏就擺得好多種牌子的頭髮水，有的洗，有的染，有的柔化，有的黑化，叫大家把頭髮好好地整一番。

我們到理髮店去，是要把頭髮燙彎（啊啊，女孩子還是別去吧），外國的女孩子呢？就去把頭髮燙直。她們用很多很多的方法，總之是叫頭髮別翻筋斗。你知道瑪莉鄺的頭髮很直，你又知道卓姬的頭髮也很直，她們是燙成那樣子的，而我們，上帝對我們特別喜歡，祂給了我們直頭髮。

外國的女孩子有很多種頭髮顏色，有的金，有的棕，叫女孩子們傷心的是，金的不全金，棕的不全棕，偏偏一頭金髮裏邊，一撮淡黃，一撮淺橙，陰陽怪氣。這樣子，她們只好把洗頭水染了又染，沖了又沖，叫頭髮們每條都變成一種顏色。我們呢？我們的頭髮黑得很純，真是值得我們歡喜快樂了。

快把所有的噴髮膠扔掉，那東西害死你的頭髮，除非你喜歡長一頭的稻草。中國頭髮是最乖的了，只要你每星期洗它兩次，抹乾它，用冷風吹乾（朗臣吹風機雖然很名貴，偶然在下雨天用用好了），記得常常梳梳，通通空氣，它們就會又黑又亮、又柔又直，像這樣子的好頭髮，我們還有甚麼話好說。如果誰要叫自己的頭髮演戲，我希望她還是去弄個假髮要個夠，自己的頭髮，千萬虐待不得。

柳暗花明又一村

天真好。總之永無絕人之路就是了。所以，沒有一個人值得為自己擔心。

說電視吧，彩色電視要來了，於是黑白電視就擔心了啊。啊呀，人家還看不看黑白的呢，黑白要不要關門了呢。誰這樣想，誰就是飯桶。

說電影吧，還沒有電視的時候，電影可威風了，大概比做皇帝還要了不起。於是，電視來啦。這一來，電影就擔心了（我們這裏的電影，你敢說它不擔心？）。唉，電影院要不要關門了呢？大家可以在家裏看電視，還有沒有人看電影呢？

人是有腦子的，腦子是叫你想辦法解決事情的，又不是叫你用來擔心這擔心那。如果一天到晚擔心，真會把牛伯伯都氣壞。

好吧，電視來啦。電影想了幾年，想出了辦法。你電視小小的，我電影就大大的。你電視一個畫面的，我電影就幾個畫面的。於是，就有了「擴張電影」。你跑到大電影院去，銀幕是團團轉的三百六十度。你有時看到三個銀幕同時放映畫面。

這可有趣了，你到不到電影院來呢？你躲在家裏好了，你對着小小的電視機好了，你做個大都市裏的大鄉里好了，外邊卻是大大的「電馬戲團」。於是，電影又打勝仗。

黑白電視呀，你一點都不用擔心，你也可以來一個擴張電視的，那時候，彩色電視也沒你辦法。說不定，將來的黑白擴張電視竟把擴張電影也打敗了，那才神氣。總之是：別擔心，想辦法。

據我所知，我們每個家庭都開飯，而且每天開數餐，但街上不是照樣有那麼多吃吃喝喝的去處，而且又中又西，都熱鬧。電影、黑白電視、彩色電視，也會那樣。

指環和你

女孩子，誰不喜歡戴戴指環的呢。戴指環有許多知識和風氣，如果你不知道，那就可惜。

讀書讀得越多，藝術氣息重重的女孩子，愛戴簡單款式的指環，顏色暗暗，款式呆呆。相反呢，書讀得不多，腦子不愛想東西的女孩子，喜歡裝飾得花花綠綠，雕砌得十分精細的一類。這是專家的統計。

指環的名貴不名貴，分為五等。排第一的是鑽石。鑽石有黃、有紅、有粉紅、有咖啡、有綠、有藍，甚至有黑。如果結婚訂婚，當然選白的。排第二的是翡翠，它會裂的，但既然我們不會用鎚子敲它，值得投資。排第三的是藍寶石，尤其是緬甸藍寶石，越來越值錢。排第四的是紅寶石，就是日本太太們最愛的寶石，它是除了鑽石外最堅固的固體。第五輪到珍珠，戴珍珠和用刀子一般，刀不用會生鏽，珍珠不戴會變色。

流行的風氣是這樣，你最好戴你的「生辰石」。那就是説一年有十二個月，每個月有一種代表石，你在那一個月生日，就選那個月的寶石作指環。訂婚指環、結婚環指也一樣，別以為凡是訂訂結結就一定要鑽石。

當然，有的人戴指環是選顏色來配衣服。有的人取寶石本身的意義，那也很有意思。

鑽石如果戴在左手，可以辟邪，藍寶石會使戴的人智慧聰明，頭腦清醒。紅寶石能帶來愛情。翡翠也是愛的象徵，又代表成功。據説，它是愛神維納斯所寵愛的寶石。珍珠表示有生命，象徵健康。瑪瑙以前是被認為不祥的，現在剛相反，會帶來好運氣。黃寶石代表友誼。

有的女孩子聰明，她們在戀愛時會戴紅寶石。有的男孩子卻糊塗，知都不知道。但有的男孩子又太聰明敏感，因為有的女孩子戴紅寶石不過是配自己的衣服，或者那剛好是她的生辰石。

人浸翡冷翠

又是十一月了。去年，一陣大水把佛羅倫薩浸了個夠，報紙雜誌刊了最大的新聞，說啊呀，佛羅倫薩要死掉了。啊呀，大家救救翡冷翠。（徐志摩叫它做翡冷翠的，徐志摩是個詩人。）

世界上的人一聽，大家紅着眼，有的人立刻過去看，於是，一年之中，自從水浸翡冷翠一役之後，展開了一幕人浸佛羅倫薩。

《馴悍記》的導演齊法拉里是個意大利人，他一把拉了李察波頓上佛城，拍了一部紀錄短片，波頓就在短片中用他最動人的威爾斯鄉音向全世界的人呼籲：請你們捐錢救災。

錢捐來了很多，人也到了很多，真是有錢出錢，有力出力，因為佛羅倫薩是個藝術古都，為了藝術，一切幫助和犧牲，都有人在所不計。

意大利是個旅遊的好地方，他想：水浸了佛羅倫薩，夏天大概不會有遊客來了吧，於是，急急忙忙地在十個星期內把佛城整理了起來，又立刻向全世界說：好了，我們沒事了，來遊玩吧。

許多人又有空又有錢，所以也就去了，大家一到佛羅倫薩覺得這地方還是老樣子，還是很男性味道的，很鄉土色的，牆還是一磚一磚，雕像還是滿街都是，結果，大家又發現藝術品並沒遭到大損失，破爛掉的都是不重要的，反而倒霉的要數那些書。大家一剎那想起來了：啊，這個城市這次真是小題大做了。而到今日，救助藝術之城的捐款還在不斷地送來。

連記者們自己也承認當時實在太誇張了，佛羅倫薩演了一幕有趣的活劇，現在是收場了。依此類推，難怪國外有些人以為我們香港現在已經變了個廢墟哩。

2

蠍子星座

有沒有人稱你做掃把星？相信你不是。但你是甚麼星呢？你應該知道自己是甚麼星，好讓別人給你算算命。

一年有十二個月，每個月有一個星座，那是星象家算出來的。現在，我們碰上的是蠍子星座。誰在十月二十四日至十一月二十二日內出生的（當然算陽曆囉），那就是蠍子星座。蠍子的名字不大好，但那並不是說，屬於蠍子星座的人就很兇。

蠍子星座的人頭腦很清醒，別人甜言甜語是騙不到你的，你會照自己的意思做事，不走邪路，譬如說：那個人很有錢，送你許多東西，你媽媽很喜歡，叫你嫁給他，但你知道這個人很會討你喜歡，假情假意，就不嫁。

你會理財，不會見了一件漂亮衣服就沖昏了腦子。你會說：這麼貴，回去考慮再說。說不定第二天你把它買回來了，但你考慮過的。

你很容易開罪朋友，因為你從來不妥協。這一點，算是優點，也算是缺點，要看情形怎麼樣。人家要你打牌、喝酒，你不肯，不算缺點。人家都贊成到淺水灣游泳，你偏要去石澳那就不行。

屬於蠍子星座的女孩子，瑪瑙是她們的生辰石，它會給你帶來好運氣。我想，戴一隻那樣的指環很好，你的男朋友就知道你不是一個好欺負的人。

我們如果交上蠍子星座的朋友，應該很開心，因為這種人忠誠正直。如果你做皇帝，一定要找他們做宰相；如果我們開公司，就請他們做司庫。

當然，和蠍子星座的人交朋友，要明白他們雖然脾氣固執，有時和別人爭論得像吵架，心地卻是好的。和這樣的男朋友結婚也不錯，他會很顧家，而且會努力賺錢，絕不會把太太餓死。而且，你們的孩子有機會讀大學。

電馬戲團

三藩市的男孩女孩都去做花童了。紐約呢？紐約的男孩女孩也有他們自己的去處，他們就上電馬戲團去。

空地上搭了一個白白的大帳幕，就是地點了。以前安地華荷（這個人就是把金寶罐頭湯的罐頭入畫裏邊成了普普畫家的）在這個地點搞過地下電影，所以，空地也出了名。

現在，空地上起了個大帳幕，是不是華荷又出甚麼新花樣了呢？這次不了，這次原來是來了個電馬戲團。

電馬戲團裏亮了好多燈，場地大大的，分開一部分一部分（我們的荔園就是那樣）。這邊十分熱鬧，整隊整隊的樂隊在奏，電結他嘩啦啦地吵，大家就可以跳舞了，地板上畫着一隻隻鮮艷的蝴蝶，蝴蝶都會發光的。女孩子的衣服也會發光，五光十色得像萬花筒。

誰不愛跳舞？那你乖乖地坐着好了，這個馬戲團也和古老的那種一般，有耍雜技的，有小丑們，有魔術師，有空中飛人，他們表演他們的，你看你的。

電馬戲團是電光閃閃的，你又可以坐在地上看別人把幻燈片放給你看，或者是看牆怎麼轉變彩虹一般的顏色。電馬戲團沒有馬，沒有獅子老虎，也沒有象和猩猩，但他們會放有獅子老虎的電影給你看，像擴張電影一般，看得你目不暇給。

如果這些全不喜歡呢？那就到另外的一些小室裏邊去碰碰吧，那邊有個人專替你在臉上畫花，使你看來變得像個吉普賽人。還有，那邊還有遊戲，室裏邊有星象家會給你算命。

這個世界現在流行「舊瓶新酒」的東西，電馬戲團就是最典型的好例子。

要不要年曆簿

一九六八年要來啦，你要不要一本小小的年曆簿？小得像半本教科書那麼小，有間書店有得送。

你跑到海運大廈去，上電梯到二樓，繞過露天茶座，別給那間「小飛俠」拖住你，你走過去，那裏有一間兩邊有門的書店，櫃檯上放着我說的年曆簿，你進去拿好了。當然，別貪心。你總不能一拿拿人家二十本。

誰喜歡買卡？我們這裏有許多卡店，聖誕卡、生日卡、你病了嗎卡、你好嗎卡、你發財了嗎卡，等等。專賣這種卡的店，年年有年曆簿送的，如果你常上卡店去，你就一定見過年曆簿了。

我叫它做年曆簿，其實也是記事簿，因為它也印了全年的日子，一個一個月分開，誰要是有耐性爬那些格子，它倒是個好同伴。

這種小簿子我用了好幾年了，它的封面年年都漂亮，不是粉紅就是粉藍，好一副春天的樣子，畫裏的景物和人物，都叫你看了開心。

小簿子裏邊的東西可多了，譬如説，有兩頁是給你做地址簿的，記記朋友的地址和電話。有一頁是給你記着你應該記得的電話和地址的，像：你的牙醫、你的醫生、你的教堂、你的理髮店，等等。有一頁是叫你寫下你的親戚和朋友的生日的，到時候，你就不會忘記送禮物去。

這簿子還印了些其他的你可以知道一下的事，它在每個月份都分別印了兩種月份的代表，一是寶石。説六月吧，它就告訴你，這個月的代表石是珍珠，這個月的代表花是玫瑰。而且，它還會在十六日那天印着：父親節。

小小的簿子，但那是贈品，既然人家那麼好心腸送給你，就別辜負人家的一番好心吧。

兩個月見一見

紐約在出一本新雜誌。這件事，我想你應該知道。世界轉變了許多，滿街的風景新鮮了許多，你是知道的。我們現在看的書，呆氣的仍很多，蝸牛般在爬的又很多，你也是知道的。紐約就在出一本新雜誌，把最新的風景告訴我們，是本雙月刊，叫《前衛》*Avant Garde*。這個名字是文藝的好朋友，就像《前景》是電影的好朋友。

這雜誌目前和其他的不同，它現在不公開發售，只接受訂戶，所以，香港說不定會見都見不到它。有許多刊物，你不能等，不能在書店中翻翻找不到就算數，要自己去訂回來。

人家一直在看的《電影筆記》、《電影文化》這些刊物，這裏的書店是踏破鐵鞋無覓處的，你得給你自己去訂。《前衛》也一樣。

這本雜誌的內容，可以算是一本文化人喜歡的大拇指刊物，它就介紹「意識擴張小説」、「會説話的詩」等等，總之是把最新鮮的事物告訴大家。

《前衛》一年是十塊錢，他們自己也承認，這不能説是不貴，但他們有貴的理由，就是：不登廣告。為了徵求訂戶，《前衛》現在收對折，訂一年，五塊錢。而且還有優待，你以後訂它就永遠是五塊錢一年，即使它有一天漲到十塊錢一本。關於地址啦、訂書的方法啦我寫不了那麼多了，要知道詳細一點的話，到街上去買一本十月份《花花公子》，在第三十七頁上，他們會告訴你一切。

《前衛》本質上是本仝人雜誌，但我想，我們的父親大概是不會訂來看的了，那麼，我們去訂好了，看好的文章總是不會錯的。

別看別看

我還是在那裏想：人們到底是忙着還是在閒着。

事實上，大家應該都是很忙的，街道上的汽車才忙哩，紅燈的時候，車子從來不願意停下來。黃燈才一亮，車子就都衝出去了，活像五十公尺賽跑似的搶呀搶呀在前頭。行人呢？也忙的，忙呀忙呀追巴士，忙呀忙呀趕渡輪。你在街上碰見一個朋友，招呼都來不及打一個，大家就拜拜了。你忙得沒時間上我家坐坐，我忙得沒時間上你家玩玩。一年到頭，就只有來來去去一張聖誕卡問候問候，你說人們忙不忙。

可是，情形並不全是這樣，只要甚麼地方着了火，消防車嗚嗚地一響，人全出來了，滿街滿巷的人，忙得要死的人都不見了。平日說，啊，真對不起，我很忙，沒時間到府上拜訪拜訪了的那個人，現在卻正站在消防車的對面，叉着手看煙火從屋子裏冒出來。至於那個平日忙得像發了神經似的公司外勤員，可也不正擠在人叢中指手劃腳麼。平日大嚷忙的人都出來了，平日流來流去的人現在全堆在一起了。於是，他們塞住了街道，封住了來往的交通，不外是為了：有風景看。好像人人都成了記者。

別人忙着逃奔性命，他們在看風景；別人忙着滅火，他們又自以為是指揮官。他們既不能貢獻甚麼力量，又不能效甚麼勞，就光在那裏看呀看，算甚麼。怎麼，這一刻他們不忙了嗎？怎麼不到朋友家裏去問候別人了呢？

看熱鬧的人總是多得要命，倒翻糞桶，大家圍着看；有人自殺，大家圍着看，就不知道這些風景有甚麼好看。如果是有大明星在街上拍戲，那倒難怪大家擠得擠死人，怪就怪有人在拋石塊擲玻璃瓶擲炸彈還是有人跑去看，難道炸彈和玻璃瓶裏還有鑽石和金幣滾出來不成。照我看，不管是有人踏了一隻螞蟻還是月球掉了下來，總之是別看別看。

利物浦之聲音

到處都在唱歌，三藩市在唱，倫敦在唱，但利物浦，現在的利物浦，是個詩城。

現在的詩人不光寫詩，不光是出版一本詩集，因為這已經不是一個女孩子拿着一朵花坐在陽光下的鞦韆上幻想的時代，詩已和大家一起長大了，詩也從書本上復活了。

我們當然記得荷馬，也記得那些行吟的詩人，他們愛誦詩。利物浦的詩人也這樣，他們幾個人像樂隊，也是幾個人，到劇場上去朗誦自己的作品。

像那天，星期二，利物浦的人人劇院就充滿了詩人的聲音。海報說：愛的夜。到的聽眾有四百多，都是年輕人，而詩人們，也不過才三十歲。其中一個是羅渣麥高，他今年二十九，是個後起之秀。

當大家都認為詩快要死掉了的時候，麥高對詩很有信心，他說，大家只要看看歌這麼受人喜愛，就應明白詩也不例外。大家那麼喜歡披頭四、卜狄倫、保羅西蒙，因為這些人唱的是他們自己的詩。

麥高說，歌可以灌唱片，詩也可以。現在的人喜歡買唱片，不想買詩刊，但如果有詩片，大家也會買的。到了明天，大家聽歌聽厭了，就會回到詩裏來的。

麥堅西唱的〈三藩市〉是一首好聽的歌，「如果你到三藩市，記得把花戴在髮上」，你說那歌詞詩不詩。

詩本來是青年人最愛的，但近來有人把詩越寫越糟，把活詩寫死了，本來是很好的現代詩又被寫成了現代屍，利物浦不這樣，他們要把詩寫活。而詩，在流行歌曲裏邊已經漸漸復甦了。

過些日子，詩就會站起來了，此刻我們不是覺得流行曲太吵鬧，大家太瘋狂嗎？詩人比較冷靜，我們也正面臨動極思靜的此刻。

女孩子的牢騷

你有沒有女朋友？她們原來有許多牢騷，你聽不到，那太可惜了。通常，她們幾個人會坐在咖啡座上歎歎氣。有時候，她們在布匹店尋衣服紙樣時又會吐一陣苦水，她們的牢騷大概有這些：

昨天晚上，他帶我去玩保齡球。玩是玩得很快樂了。可惜，他事先一點消息也沒有透露，我穿的竟是全副赴舞會的打扮。

他從來不讓我付錢。不管是看電影、喝下午茶、坐的士。這本來無所謂，但他每碰到朋友時，談話的重心總是「我破產了」、「我現在好窮」。你說我可有站立的地方。

他嗎？我稱他做叔叔，因為他老愛給我演說，又是意見專家。你一碰上他，他就會說：「吃多一些東西，你太瘦了。」「穿這種花衣服才好看，你的衣服全是純色的。」「太靜了，不夠三十點。」

他大概沒有鐘的。到了深夜的時候，即使你一個呵欠，他還是不肯走。最生氣的當然是英姐，因為她要在走廊上睡覺的嘛。

和他不過一起去看看電影、喝喝下午茶，他就像已經打定主意我會嫁給他了。談談說說的時候，居然要研究我會不會煮飯、會不會編毛線衣。

約好了時間在碼頭上見，但他遲到（現在的女孩子不流行遲到的）。遲到了，他東張西望一番，走過來說：怎麼竟站在這裏。好像他所以弄得這麼遲，是因為找我不着。

做做朋友是很普通的，兩個人一起去玩玩也很平常的，但他總是在一大堆人面前嚷：「介紹個女朋友給我吧。」而這時候，我就站在他旁邊，眼睛只好瞪着天花板。

希臘的拜倫

我所知道的拜倫，不是英國人的拜倫，而是希臘人的拜倫。

拜倫死的時候，是一九二四年，在年輕的三十六歲。但尼生才不過十四歲。拜倫死在希臘，但尼生在一塊石上刻着：拜倫死了。但尼生說：整個世界忽然暗了。

他們稱他做詩人，稱他為英國浪漫派第二代的詩人，他們都把他當作英國人的拜倫，但在那個時候，英國人並不容納他。

拜倫去了希臘，他把意大利選作另一個故鄉，但他去了希臘，希臘正在和土耳其作戰，拜倫愛希臘，但他和濟慈不同，濟慈愛希臘的神話、愛希臘的古瓶，拜倫愛的是希臘人。

在生靈與藝術品之間，我選擇生靈。電影《男歡女愛》中的尚路易在見到一個老人和他的一頭狗時對安妮如此說。濟慈選擇了藝術品，拜倫選擇了生靈。

拜倫在希臘作戰，教他們如何組織山區騎兵，如何建立醫院，儲備醫藥，購置軍火。就在一八二四年，四月的十九日，他死在希臘的戰場上。而濟慈和雪萊，都死在水上。他們把他葬在希臘。濟慈和雪萊都在羅馬。

哥德說：不管英國人對拜倫的看法是怎麼樣，可以確實的是，他們找不到一個詩人足以和他相比。拜倫是一個真正的戰士，也是一個真正的詩人。喬也斯在《一個青年藝術家的肖像》裏邊，借史提反和同學的對白說：你以為誰是詩人。史提反說是拜倫。他的同學說是但尼生。但史提反說，但尼生是個押韻人，拜倫才是詩人。一八二四年，世界失去拜倫。但在任何的時刻，他仍活着，在任何的時代，世界仍需要這樣的戰士。

哦威尼斯

哦威尼斯威尼斯
當你雲石的牆頭齊到水面
眾國將悲哭你低陷的殿堂
哀號將來自海上

——拜倫：〈威尼斯頌〉

拜倫住在威尼斯，他愛那個城，他怕水把它淹沒了，怕所有的樓宇會變作另一個龐貝。但我們知道，去年十一月，威尼斯遭到最大的洪水，洪水浸遍了威尼斯，也浸遍了佛羅倫薩。我們那麼喜歡的噴泉、雕像、畫幅、書籍，都遭了殃。名畫都褪了色，書本都霉爛掉，雕塑的肢體斷了，噴泉變了海底的寶藏。

是的，眾國都悲哭它們低陷的殿堂，哀號都來自海上。全世界各地的人都自動去救災，搶救藝術品。像當年，大家要努力拯救戰火中的巴黎。

意大利是個最能在苦難中屹立的國家，他們在最困難的時期拍出最好的電影，在最不景氣的時候努力自救。現在，他們依然舉行威尼斯影展，香港前些日子一樣舉辦意大利商品週。意大利是會復原的，不管病得多重。

但我們呢，我們呢？沒有人來悲哭我們低陷的殿堂，悲哭的只有我們自己。我們的雕像，我們的畫幅，我們的書籍呢？我們光着眼睛看而無能為力，我們正在焦急，但毫無辦法。

哦威尼斯，你是一個幸運的城市。你的國家是一個有無數朋友的國家，你的國民是相親相愛的國民。威尼斯，你是一個幸運的城市。

哦中國，哦中國。我們怎麼辦。

哦，可怕的洪水，可惡的戰爭，可憐的人類，淒涼的中國。

顯現的外貌

我們不斷地作闡釋。

我們一直在追究，這篇小說要告訴我們的是甲甲甲。這幅畫不外要說的乙乙乙。這部電影要讓我們知道的是丙丙丙。

我們這樣子追究過《春光乍洩》。我們去想，去詮釋虛網球賽的意思，又去求證謀殺事件之虛實。當我們這樣做，我們已經揚棄了《春光乍洩》那顯現的外貌。

設若有兩個人在那裏傾談。她坐在那裏微笑，她的眼睛表露出那種心情，但你看不見，看見而置之不顧。你要探索她腦中的思想，你要知道她現在快樂不快樂。這是為了甚麼呢？我們總愛求「知」而不求「見」。其實那些「知」都已經在「見」中了。

王爾德如此說過，只有膚淺的人才不以外貌作判斷。世上之奧妙是在那顯現，非那不顯現。而我們，我們偏向不顯中去尋求。

藝術品給我們去見，知識給我們去知。如果我們向藝術品去求知，那麼，我們是在把藝術品當作一種知識了。

像《春光乍洩》。我們怎能拋離它那顯現的外貌呢。《春光乍洩》是一件藝術品，不是一種哲學思想，因為它是個電影，電影才是它的本質。

人拿燈來，豈是要放在斗底下、床底下，不放在燈台上麼。因為掩藏的事，沒有不顯出來的；隱瞞的事，沒有不露出來的。

我們看一幅畫，當知道畫者的意思已表現在顯現的外貌上，同樣地，我們也在一篇小說上、一部電影上，從顯現的外貌看到作者心。

這就是為甚麼，到了現在，我特別希望對藝術品的欣賞要求從形式着手，並去注意它們的各別的「語言」。

臨急抱佛腳

有些女孩子是懶蟲，有些女孩子是書蟲，有些女孩子是頑皮蟲。這怎麼說呢，這是說，她們為了懶，為了咪書，為了頑皮，常常會忘了自己。衣服掉了鈕扣，不知道，襪子走了絲，不知道。到臨時要上街去了，或者約好了朋友去看電影，穿上衣服一照鏡子，啊呀，一塌糊塗，怎麼走得上街。

不過，世界上這樣的女孩子才多着，因為並不是每一個女孩子都是一天到晚把時間放在衣飾上的，而且，上帝既然照顧到田野中的百合花，自然也會照顧一下懶女孩，並且特別給她們一個聰明頭腦。

穿上一件衣服，裙腳的邊脱了線，墮下來了，那容易，暫時用膠布把它貼牢，晚上回來再縫上好了。

裙子看看不順眼，太長了些，那也容易，如果是半截裙，把裙頭摺一摺，把襯衫穿在外邊蓋着它。如果是直身的一件裙，鬆鬆的，在腰際束一條隨便甚麼帶好了，把腰旁的衣服拉一把高，垂一點兒就行。

拉鍊走了線，那就得出動別針了，小小的別針，金色的那種，很適合。這麼小的別針，大概就是為了作這種用場的。

獨一的絲襪，穿了個洞，怎麼辦？不穿好了，在腳上化些妝，塗些甚麼甚麼油呀粉呀，人家瑪莉鄺就這樣，現在還流行得很哩。

唇膏用得一點不剩。那就得向弟弟討一粒紅色朱古力豆了。其他顏色的朱古力豆，像藍的、綠的，還可以給眼蓋漂亮漂亮。

小小的燙斗印，淡淡的，可以用銀幣或銀湯匙磨它一陣。

衣服上有個小洞？別一朵襟花。領口不白？翻它進裏邊去，在外面圍一條領巾。

被冷落的一代

誰來關心大人呢？

我們都幸福，因為關心我們的人最多。大家總是為我們擔心：不要盲目地去學「喜彼士」，不要為了新奇吃迷幻藥。大家都為我們好，一直在提醒我們別走邪路。

但誰來關心我們的爸爸媽媽呢？這個世界太不公平了，人們把一切的愛和期望都投在我們的身上，而我們一直嚷：唉，我們不開心。

我們又幾曾聽見成年人說過他們很快樂。成年人也不幸福，但是，誰去關心他們，誰去替他們擔心。我們沒有。我們讓全世界的人關心我們，我們從不交換。你以為，甚麼人才是被遺棄被冷落的一代，哪些人才是寂寞的一代呢？不是我們，是他們，是我們的父親和母親，是他們。

像我們的母親。你叫她到哪一間時裝店去找適合她的衣服。滿街都是迷你裙，五十歲的媽難道也學卓姬跳呀跳麼。那些矮跟矮跟的七彩鞋，大大的花絲巾，母親怎能穿。

我們的時裝，母親沒有，而我們卻在喊：我們不快樂。一切的人都在使我們快樂。大大的明星相片，活潑的音樂唱片，熱鬧的舞會場面，都是我們的。

父親和母親卻甚麼都沒有，他們整天只能坐在家裏，像室內的家具。他們只聽聽收音機、看看報紙，日子就過着，一年又一年。

星期六，星期天，最孤獨的又是他們，誰曾經坐下過好好地和他們傾談？我們的心裏只想着自己的朋友，而我們卻說：你們不了解我們。

我們原來是殘酷的一代。讓我們來關心成年人吧，因為他們才是最淒涼的一群。

黑死病

　　而這樣子，黑死病就來了。啊，加繆，我們的先知。而這樣子，可怖的鼠就在街上出現，牠們痙攣，牠們嘔吐，牠們死亡。病鼠的數目越來越多，那是一場大大的瘟疫，而這樣子，瘟疫就來了。

　　瘟疫傳染得很快，終於這一個如此美麗、如此可愛的城市，迅速地變成了一個疫埠，人們受傷，人們死亡。人們匆匆地逃到另一個地方，人們恐怖地活着。

　　每到一個時期，四大魔王就威脅一下漂亮的土地，因此我們在想，神啊，你在哪裏。神啊，我們必須自救才能生存嗎？

　　於是我們必須自救才能生存，因為我們沒有得到神的回音。於是我們必須勇敢、必須鎮靜，我們需要最好的醫生最抗毒的藥劑。

　　這是一個疫埠，誰也沒有溜走的權利，我們必須共同度過這場大災難。當黑死病沒有降臨以前，我們不是共同享受過這個小城的明媚的陽光嗎？

啊，小小的阿爾及利亞啊，你是一個美麗的城，人們走過白日光照的大街，鮮艷的鞋踏遍小巷。他們躺在細沙上傾聽海水的呢喃，他們呆在異國風情的茶座上低低地傾談。那些風帆都在海上，海是藍呀藍，天是晴呀晴，這是一個我們欣然忙碌其中的城市。

而黑死病就來了，那是一場大大的風暴。你根本沒有地方可以去，你是一個被困在疫埠中的可憐人。

但瘟疫是要過去的，歷史可以給我們證明。我們很早就應該知道，黑死病隨時會降臨，我們也知道，沒有一場瘟疫是永久的瘟疫。我們只是不幸的一代，剛巧活在瘟疫的中心，此刻，我們必須自救才能生存。

不見了的我

「我」，不見了。

很自然地，我們每個人，每天都會漸漸地不見了一點兒的「我」。

我本來喜歡吃雪糕，我是一個愛吃雪糕的我，但是，大家都不吃雪糕，因為大家不想做楊貴妃，於是，我也漸漸地變了個不吃雪糕的我。於是，本來的我就不見了一點。

讀初中的時候，我最不喜歡打麻將，誰打牌，就惹我生氣，可是，現在，人人都那麼地打一陣，我也就坐到桌子前去了，於是，我又不見了一點我自己。

長指甲也是，指甲短短的本來很好，但大家都留了又留，長長的，那是風氣，我又照做了。這樣，本來的我又不見了一點。

一點又一點，那大概像簷前的水滴。忽然，我就怕起來，會不會到了有一天，那本來的我，竟不見得一點也不剩。

照照鏡子，臉不是我的，眼睛鼻子嘴巴都不是。身上的衣服，雖然是最潮流、最瑪莉鄺、最加納比街，也不是我的。頭髮不是，鞋子不是，因為街上每個人都這樣，大家活像塑膠的洋娃娃，剛從廠裏吐到窗櫥陣來。

心理學家又常把我們分類。這是男人，男人是這樣這樣；這是女人，女人是這樣這樣。不管你做甚麼，從出生到死亡，從自卑到自大，從不會做一題算術到會插很美麗的花，都是別人書本裏的模型，「我」是沒有的。

我們原來和螞蟻並沒有甚麼分別，你能找一隻螞蟻來看看牠和別的螞蟻有甚麼不同麼。所以，電影裏的英雄人物偶像是不會沒落的，因為，我們都在找「我」，英雄們就是我們找尋的影子。

電影到現在

早些日子，總是在書店裏對着一本書發呆，那是本叫你，尤其是愛電影的你，「一見鍾情」的一本書。書好厚，二吋半，但價錢使你不敢一見鍾情，因為要整整的一百塊錢。

又早些日子，電影雜誌上說，別買它，因為有人會把它再印，而且，叫你開心得要死的消息說，一定會半價。

這麼着，我等呀等，總算「守得雲開見月明」。它來了，新新的一九六七年版，封面上印着母雞般大的《電影到現在》。價錢呢？四十二塊港幣。

這是本電影史。誰要是對電影一竅不通，這本書可以使你由幼稚園升到研究院，如果再咪一本電影美學的理論，加上一本導演手冊，最不濟的人也可以打着電影招牌走江湖了。

書本來是一九三〇年出版的，我們現在回顧一九三〇年的電影，實在是不算包羅萬有，至少新潮還沒有誕生，但《電影到現在》和市面上的百科全書相同，一直有新資料填充進去，所以現在這本《電影到現在》，已經到了一九六六年，提到安東尼奧尼的《紅沙漠》，講到「東京世運會」。

這本書一共八百三十一頁，算起來，每一毫子買兩頁，很合算的啦。我們不如少買一條迷你裙，少請女朋友看兩次電影、吃兩次餐，把它搬回家吧。

如果你是教徒，你買不買一本聖經？如果你是愛電影的，那麼，《電影到現在》是你不可少的一本書，因為它是電影人的聖經之一，電影的歷史大約是六十年，這本聖經就從電影的伊甸一直說到現在。連我們的《梁山伯祝英台》也榜上有名。

我是買了，現在就看你了。

哥薩克來了

電影裏邊大嚷過一陣：俄國人來了。時裝界卻在嚷，哥薩克來了。女孩子們快忙起來吧。把去年的大衣統統擠到箱底去，因為哥薩克一來，所有大反領小反領的大衣都要躲起來了。

見過軍官們漂亮的軍服？肩上有徽號，袖口有金邊。現在流行的是這些。即使記得拿破崙穿甚麼也很夠了，他的那件神氣的大衣，鈕扣有十多二十顆，操兵般整齊地站成兩排，現在的大衣上的鈕扣，也這樣。

懶女孩是不愛扣鈕扣的，那麼，讓我們用拉鍊。今年冬天，拉鍊出盡風頭啦，大家碰在一起要談的可不是靴子、迷你裙子、衣服的褶子，而是拉鍊拉鍊拉鍊。

要像一個哥薩克，女孩子的大衣就要豎着領口，領要硬呀硬，也鑲上金邊。要像一個哥薩克，女孩子要戴皮手套，如果你穿海軍藍，就戴金色的手套，如果你穿深墨綠，就戴紅色的手套。要像一個哥薩克，女孩子可以穿靴子，長的靴子，剛到膝蓋的下面。只是，穿哥薩克大衣的女孩子，並不戴哥薩克帽子，她們就是不戴任何的帽子。

大衣不直。腰是窄窄的。大衣是「裙子大衣」，衣腳擺呀擺，搖搖蕩蕩。當然啦，不能用彩色的絨來縫哥薩克裝，如果你有一幅花花斑斑的絨料，縫一件別的，就是不能縫哥薩克。

參考一下船長們的大衣，那是聰明的。像那些袖口上的花紋彎彎曲曲的，也可以裝飾我們的大衣。

對了對了，還有口袋。哥薩克大衣沒有口袋，即使有，你也看不見。口袋都躲了起來，因為，口袋也知道的，今冬是拉鍊的天下。

千對萬對

原來世界上沒有人快樂。

人類活到現在，活了幾萬年了，活來活去，竟然沒有一個人快樂。

三幾歲的小孩當然不快樂，要不然他們不會一天到晚哭。十多歲的人也不快樂，自己沒本領賺錢，心愛的書本那麼貴，漂亮的衣服又叫你傾家蕩產。廿幾歲的人更煩，既要想想人為甚麼活着，又要擔心愛人會不會變心。到了卅多歲，忙得連甚麼叫快樂也不知道了，今天迷着汽車明天癡念着遊艇。

到了四十歲，快樂就是喝很名貴的酒，但在擔心心臟病；穿很畢挺的西裝，但在煩頭髮白了。過了五十歲，更不快樂了，因為腦子裏甚麼都沒有了，只有：我快要死了。

在生病的人不快樂，因為人一病就孤獨死了。健康的人也不快樂，因為人一健康就擔心甚麼時候會病。

沒錢的人不快樂，因為沒有錢。有錢的人不快樂，因為怕錢會不見。

這真是怪事，上帝給了我們那麼藍的天，那麼綠的草，又是香花，又是語鳥；泥土裏又會長出菜，海裏又會有魚，我們老是不快樂。

人為甚麼不快樂呢？我完全明白，因為人貪心。

今天你在戀愛，你很快樂，但你偏要說：這能維持多久呀，明天我們就不再相愛了。看，人多貪心。上帝給你一天的快樂，你要一年；上帝給了你一年，你卻又要一百年。

賭錢也是一樣，大家賭錢都贏的，但越贏越不夠，結果就輸。一個人貪心，那還快樂些甚麼。

古人說的「知足常樂」，真是千對萬對。

柏拉圖式看法

要是柏拉圖現在還活着，那一定十分有趣。他大概要和不少人吵架。

柏拉圖是很看不起藝術品的。譬如說一幅畫，畫的是一張床，柏拉圖就會說：這是抄襲現實。他認為畫有甚麼用呢，畫裏邊即使畫了一張全世界最漂亮的床，你又不能睡上去。

柏拉圖又說：畫是假的。畫裏邊是一張床，那卻是假的，你用手去摸摸好了，不外是一張帆布上有一些油彩。

柏拉圖又說：即使床本身，真的一張床，它的本身也是抄襲。床是人做出來的，只有第一張床是創造，以後的都是抄襲。

就這樣，柏拉圖瞧都瞧不起畫。我實在希望他活着，讓他好和畢加索吵一場大架，又看看他對絕不抄襲現實的抽象畫怎麼說。

柏拉圖如果活到二十世紀，那也不錯，就算活到十九世紀，也很好，那他又可以和佛洛伊德鬧一場。

佛洛伊德告訴我們很多關於性，甚麼本能呀、直覺呀、情意結呀，等等。而柏拉圖呢，他說的是愛。我們大家當然明白愛有好多種，爸爸媽媽兒子女兒的，鄰居和鄰居的，男朋友和女朋友的，之類。柏拉圖說的是愛，而且是精神的戀愛。他大概是叫兩個人隔着一條河，像牛郎織女那般相對見見，牽掛一年。

我們幸虧有了一個佛洛伊德，要不然，所有的女孩子都把自己當作聖女仙女，又把男朋友們全當作野獸色狼。

柏拉圖大概不知道那麼多年後竟會有個佛洛伊德，又有些甚麼畢加索、康定斯基，他也不會知道的，繪畫除了具象還有抽象，藝術品並非毫無價值。至於他的所謂精神戀愛的論調，佛洛伊德大概要把他第一個捉進精神病院去作心理治療。

花面貓電梯

將來有一天，博物館要舉行一次大大的展覽會，大家要把電梯拆下來，搬到會場去，因為，這樣才好舉行「花面貓電梯」展覽會。

以前，有種文學，叫廁所文學，就是那種題在廁所牆上的甚麼：入來三步急，出去一身輕。以前，又有一種文學，叫樹身文學，就是那種刻在樹皮上的甚麼：約翰愛珍妮。以前，又有一種文學，叫大石文學，就是塗在大石臉上的甚麼：七月七日B仔到此一遊。

現在，時代進步了，文學也進步了，就誕生了一種新興的文學，叫電梯文學。你要是不信，跑到電梯裏邊去瞧瞧好了。整個本來漂亮的電梯，竟新派到變了個花面貓電梯，單是一個電梯就在開中英文書法展覽會，還開畫展，真是圖文並茂。

你不能不承認現在的電梯「室內設計」多姿多采，電梯們既忠誠負責送你上樓下樓，還供給最新流行音樂的曲詞大綱，又負責英語教授。譬如說，你不會拼披頭四的名字，又懶於翻查字典，就可以跑進電梯去看看，那裏一清二楚地一個字母都不錯地印壁上了。現在的電梯還做了一件了不起的事。就是，它們知道你們這些先生們一定買不起六塊半一本那麼貴的《花花公子》，也租不起十六塊錢一套的小電影，就免費在電梯裏刊登裸體畫，讓大家開開眼界。

當然，我們這個世界有許多藝術家，他們又都十分表現主義派。而且，城市裏樹是那麼的少，在廁所開書畫展又太落伍了。

花面貓電梯們，我們真是拿你們沒有辦法了。你們洗不洗臉的呢？你們難道就一直花着臉過一輩子。我看，做花面貓也沒有甚麼威風，大家快替電梯們舉行一個清潔週吧。

獵人星座

蠍子星座過去，獵人星座來臨。誰的生日是在十一月二十三日至十二月二十一日之內，誰就屬於獵人座。

這種屬於獵人座的人，脾氣很怪，喜歡走極端，雖然多半時候他們都很樂觀，天塌下來也很少理會，但是，要是他們一氣餒起來，那就糟，說不定立刻要自殺。和這種人交朋友，我們當然得先有點心理準備，因為他們一忽兒使你快樂得像進了伊甸，另一忽兒又使你痛苦得像入了地獄。所以，誰要是有個朋友屬於獵人座的，記得常常和他們嘻嘻哈哈，給他們多點信心。至於不管男孩子或女孩子，交上了獵人座的男朋友或女朋友，千萬要誠心誠意地談戀愛，不然的話，情殺、自殺的事可就夠瞧了。

找獵人座的人幹大事是可以信任的，因為這種人天生一副鑵頭個性，絕不洩漏一丁點兒的秘密。你找他去當強盜，他會是個很夠道義的伙伴；你找他去做間諜，他一定不會把口供招給敵方。

獵人座的人還是個一諾千金的人，答應要做的事，一定給你辦妥，除非他們不答應，否則，赴湯蹈火，在所不辭。

他們和蠍子座的人有點相似，就是愛爭辯；而且也常常火氣很盛的樣子。只是，蠍子座的人多數論點正確，獵人座的人卻時時判斷錯誤，空和別人吵一場。也許為了這緣故，他們就忽然變得很悲觀，以為世界末日到了。

菊是獵人座的代表花，璧璽玉是獵人座的代表石。這種黃色的玉，象徵友誼和忠誠。

希臘神話裏的著名獵人是森林女神戴安娜，她有一把漂亮的銀弓，可是，這女神的脾氣也大得驚人，有位王子迷了路在她山洞外一站，就被她變了一匹鹿，給獵犬咬死了。但獵人座和她無關，屬獵人座的女孩子並不那麼兇。

致武士們

亞當們對太太小姐們一直很關心，這一點，夏娃們都很感激，因為他們給你開門、拉椅子、穿大衣，都做得很有禮貌，一派騎士風範。但今年，我們希望亞當們、紳士們、女孩子的男朋友們要注意這麼的一件事，注意她們的大衣。你們平時習慣替她們脱下大衣、穿上大衣，今年，要特別小心。

你約好了女孩子到餐室去、到電影院等去，千萬別説：這裏暖，要不要寬衣。或者是萬一打算她脱大衣時幫她忙。如果你這樣做，那是説，你原來一點也不明白時裝的潮流，而且，做女孩子的也因此很尷尬。

今年，流行的是裙子大衣。那就是説，女孩子穿的將是一條全身裙，但樣子看起來像大衣。穿這種裙子大衣，和普通一般的大衣不同，在普通的大衣裏邊，女孩子通常都會另外穿一件裙，但裙子大衣就不。裙子大衣是裙子和大衣兩位一體的，穿這樣的衣服，一件就夠了。所以，你怎能傻到叫女孩子脱去大衣呢，她們裏邊甚麼都沒有，只有一條襯裙。

還有，有的女孩子會穿一件大衣，裏邊也另外穿一條直身裙，但是，亞當們又得小心了，現在女孩子的一些大衣，有的只有半件大衣是拉鍊，穿起來要從頭上套下去，和一般的大衣一路鈕扣扣到裙腳並不同，像這樣的大衣是大衣了，怎麼方便脫。

那麼，大家就千萬要記住，這個冬天，是個戶內戶外都着大衣的時刻，請不要自作聰明請小姐太太們寬衣。而且，你也不要以為女孩子們所以不肯脫大衣，是因為裏邊的一件衣服破了、燙焦了之類（像《小婦人》）。

武士們要擔心的只有一件事，今年的時裝會使夏娃們大大地傷風，所以，他們得趁早儲備多些的士費和探病的鮮花。

大笨蛋我們

喔，我們原來都是大笨蛋，讓別人牽着我們的鼻子走。我們真是沒有腦。尤其是站在時裝架前面就笨得更厲害。一件時裝掛在那裏，我們也不知怎麼就動了心。那件時裝，卓姬穿起來當然好看，但我們一偏心喜歡它時，可完全忘掉自己了，譬如說，我們沒卓姬那麼高，又沒她那麼瘦，也沒有她那麼竹桿似的腿，而且，也不梳她那種短髮，但是，我們以為我們可以穿那件衣服。

人家流行迷你，流行爸爸們才穿的那種大襯衫，流行船長的制服，流行尼克魯的領和口袋，我們又以為我們適合。我們一看見新哪、流行哪，就到人家的櫥窗去搶一件回來，總之，我們就是那麼發神經。

浪費錢的是我們，難看的又是我們。穿貴的衣服和最潮流的衣服從來不會使我們漂亮（只有很少數的人才漂亮），只使眼睛長在額上的人以為你有錢。所以，我們都是大笨蛋。

應該有人聰明一些，別去上時裝店的當。你流行迷你嗎？我實行不理你。你流行長長的指甲嗎？我把所有的指甲剪得短短的。你流行顏面上彩色的蒙太奇嗎？我偏連最白最白的唇膏都不塗一層。其實，這樣子也很開心的，因為你從不在別人後面跑，老實說，要跟潮流，你的後勁濟不濟。人家夸父那麼死心塌地地追日，結果還不是一敗塗地。

我們還是學學頑固的驢，你叫牠向東，牠偏向西，對付潮流，這實在是個好辦法。我也並不是說我們因此就大家去做深山大野人，我們要穿的不該光是時裝，而是適合我們的那種，如果不適合，時裝不外是怪裝，那就沒甚麼意思。對於時裝，最重要的還是取其精神，光模仿形式，就不怎麼上策了。

獨行旅行客

你有一個女朋友。很好很好的女朋友，大家相親相愛的女朋友。這天你要去旅行，你帶不帶她一起去？

我認識的一個阿A，有一個很好的、很相親相愛的女朋友，但他旅行時就是不帶她一起去。她有空，她不忙，但他就是不帶她一起去旅行。

那天，我們一大堆人去旅行，坐了一艘漁船。風大浪大，但我們偏要到西貢海外去看那些有許多洞的山。

阿A也在船上，嘻嘻哈哈地，他讀的是哲學，寫的是詩，談的也是那些。但我忍不住就問，女朋友呢。不帶來不帶來，他說。

你怎能帶自己的女朋友來呢，他說，那是十分麻煩的。我們旅行，總是一大堆人，這些人裏邊，又有男孩子又有女孩子。旅行起來，有時不免要爬爬山，攀上攀下，這時，男孩子不管是誰，一定要隨時隨地照顧一下女孩子，如果誰帶了自己的女朋友來，就只能一天到晚照顧自己的女朋友，不能幫別的女孩子的忙。你明明見到一個女孩子背旅行袋背得吃力死了，你就是不能去幫她，因為這樣做，女朋友就會妒忌。至於你本來很應該扶扶女孩子過獨木橋，或幫她攀上一塊大岩石，這時你又不敢，因為自己的女朋友說不定因此要生大大的氣。

大夥兒一齊的旅行是大夥兒的事，帶了女朋友，就像是私家旅行了，那種「合群」的氣氛就沒有了。而且，在一大群人裏邊，你不能不特別關心她，又不能太特別關心她，總之就是很尷尬。因此，去旅行，團體的，還是當當獨行客的好。

阿A的「獨行旅行客」的哲學對不對，好不好，我也不知道。總之，他倒有他的道理。誰要是去旅行而忽然因此丟了女朋友，那大概就是沒想到要做獨行客的緣故。

水仙和波斯藍

我們都知道世界上有好多的花，又知道一年有十二個月，每個月有一種代表花。現在，十二月要來了，很冷很冷的十二月，許多地方都會下雪的十二月，甚麼花是十二月的呢。

聖誕花，聖誕花，你說。因為聖誕節要來了。但是，十二月的花，不是聖誕花，是水仙。

水仙，我們當然想起華滋華斯來了，他是個湖畔詩人，湖和水仙是分不開的，詩人就寫過他見到的水仙：「在湖邊，在樹下，搖搖擺擺，舞舞蹈蹈，在風中。」

還有，那個顧影自憐的美少年，愛在湖邊自己看自己，他就變了水仙花了。有沒有女孩子一天到晚喜歡照鏡子，以為自己是最漂亮的公主呢？我希望沒有，因為如果她那樣做，她就也是一朵水仙花了。

到了十二月，當菊都開了花，我們就把水仙的球莖埋在水裏吧，因為十二月是它們的。

倒是十二月，我們要戴甚麼的寶石呢？那該是波斯藍啊波斯藍。即使你的生日是七月，但在十二月，你可以戴波斯藍，因為十二月是它們的。

波斯的藍寶石。它們誕生在波斯，和波斯貓一樣珍貴。它們藍的，但帶一點綠，那樣子，像一個湖。湖和水仙，水仙和波斯藍，一個環。

大家叫波斯藍寶石為土耳其玉，因為大家在土耳其結識它，不知道它原來是波斯籍。

騎馬的人愛佩戴土耳其玉，因為他們相信它可以鎮邪，但作為十二月的代表石，它象徵的是繁榮、幸運和成功。對於男孩子來說，這寶石也是他們的。讓我們和十二月同行，種一盆盆水仙，佩一塊波斯藍。讓我們幸運，讓我們記掛一下老去的詩人們。

杜魯福的烈火

杜魯福在我，等於維斯康堤。因為意大利還有安東尼奧尼，而法國還有高達。但《烈火》還是值得我們一看的，至少，同是有一幕奔奔走走，杜魯福就沒有抄襲他《四百擊》中的自己。

誰要是要看《烈火》，最好知道一下《華氏四五一》是甚麼，要不然，散場時又會後悔。小說《華氏四五一》是本科學幻想作品，作者認為未來世界中的消防員可能不用救火，而只要焚書。所以，坐在電影院中的第一件事，就是要知道，這電影講的是二十一世紀，不是現在。

電影裏邊的電視節目、室內設計、交通工具、緝犯方法都十分悅目，但這只是電影的外表在展覽廿一世紀可能性的豪華，我們要注意的乃是去想想那些愛書的人，對不對；那些生活得很表面化的人，空洞不空洞。

導演杜魯福在這電影中作了兩項嘗試。其一是以旁白替代演職員字幕，其二是以色彩傳遞電影訊息。似乎我們到現在還沒有見到甚麼電影是沒有片頭字幕的，杜魯福用得很聰明，因為他利用屋頂的天線來表示，聲音替代了一切。同時這部片是焚書，貶斥一切的文字。

導演們知道，彩色的電影世界是廣闊的，因此，各人都在嘗試以色彩獨立地傳達內涵，我們在這部電影中當然獲得了杜魯福的訊息，他不斷用紅色來打擊我們，叫我們知道火在焚燒，也明白孟坦內心的激情。

鏡頭運動中的「溶」與「推」的重複，也在不斷給我們一種逼近的感覺。在這電影中，我們不可忽略的反而是一些含義深遠的碎鏡頭，孟坦看報紙，報紙沒有字，只有漫畫。女人們在車上、辦公室、睡房內感觸自己，她們一離開了可寄的精神生活，就變得也和動物沒甚麼分別。至於強逼剪髮，杜魯福在對比：人們用同樣的理由來焚書。

致鳥兒們

女孩子們應該要買一本十月份的*Honey*。這本雜誌並不是甚麼了不起的書，它常常刊登的不外是化妝髮型衣飾而已，可是，這一期，我實在要介紹大家去買，因為它整整花了八頁來告訴你該怎樣穿內衣。

對於衣服，女孩子是最熟的了，但對於內衣，忽略了它們的女孩子可就多極；而且，我們的許多母親從來就由得我們這些女孩子自由發展，對我們該穿甚麼內衣理也不理。又有些母親們呢，她們是很關心我們的，但可惜她們那一套時裝觀念和我們這一代的不同，她們穿的內衣也不一定是正確的。於是，我們這些女孩子就該自己想辦法。尤其是那些對內衣一無所知的女孩子。

早幾期的《十七歲》已經刊過許多花花綠綠的內衣了，但不外是說：現在的內衣是彩色的世紀。這對我們並沒有甚麼用。現在，「蜜糖兒」的一個專題比它好得多。

「蜜糖兒」刊了一個表，告訴你最潮流的內外衣的搭配。衣服有好多種，穿毛線衣和穿布襯衫就大有分別，內衣也就得特別選配。那個表刊得很清楚：毛線衣、露肩裙、透明的織品、迷你裙、貼身的衣服等，都有它們應該配合的內衣。女孩子如果懂得這些，就不會把漂亮的外衣穿壞了。

其次，「蜜糖兒」告訴我們該怎樣去照顧我們的內衣，怎樣洗，怎樣乾，使它們好長壽。然後，最重要的就是如何選購，書上又刊了一個表，讓大家參考。

時裝的潮流在動，最簡單的例子就是：我們以前穿的底裙就不能適用於現在的迷你裙。明乎此，大家一定得對內衣有新的認識。

十月的「蜜糖兒」是剛到港的，約港幣兩塊錢一本，到西青會去買，可以享受九折。大家即使要查字典，也要把內衣篇讀通。

迷你去埋膝來

意料中事。裙子短了又長，長了又短。現在，大家又流行「埋膝」裙了。以前的是 mini，現在的是 maxi。和街上的「的士」做了好朋友。

迷你裙有很多規則要遵從，埋膝裙也是。

穿埋膝裙，不得不穿長靴，埋膝裙要長到膝下三四吋，好蓋着靴子，最標準的靴是一種叫做襪子式的靴，就是很長的意思。

頭髮要彎彎曲曲。這次才是真的「刨花」裝。你見過人家刨木？那些木屑片一卷卷的，髮型現在是這樣。頭髮要軟軟輕輕，風吹起來會蕩蕩動動。祖母時代的髮鉗又用得着了，鉗着髮，把它們捲起來好了。

不要把頸蓋着。大反領是適合的，襟上扣一隻大別針。一切的珠寶都要採用古董，戒指戴在右手的中指上。戴兩隻指環更摩登，一隻在中指，一隻在食指。

不得穿短外套，得穿長外套。長外套可以配迷你裙，但短外套並不配埋膝裙。

花邊招展的襯衫可以出風頭了，喱士料子也已回來。

粗重的腰帶和埋膝裙是最佳的配搭，今年，粗皮帶和任何衣服都相配。關於帽子，戴的方法要像戴游泳帽，使你的頭看來小一些。

化妝才是最重要的，要用很柔和的化妝法，眼線淡得看不見，眼睛要水汪汪一般，但唇要鮮明。以前，化妝的焦點在眼睛，這次，移到唇上去。

不管穿迷你還是埋膝，不是一條裙子的事，而是整個的風格要配在一起。我們這裏的女孩子適不適合埋膝呢？我看是有點困難了，因為穿埋膝裙的人個子要高，腿要長。個子小的人穿起來很糟，只見衣服不見人。埋膝裙是笨重的，迷你裙可輕巧得多。

醜陋的兄弟

我們本來是一家人，我們本來是相親相愛的。但是，是甚麼使你這樣的呢，兄弟？

我的心裏好難過，好難過。我不知道是甚麼使我們如此陌生的。為甚麼我要那麼地恨你，你又要那麼地恨我。以前，我們不是一直相親相愛的？

我們本來應該在一起，為美麗的明天而努力，我們本來希望大家一起開開心心地過日子，你對我笑嘻嘻，我對你笑哈哈，但是，兄弟，你為甚麼離我。

兄弟，我們很窮，你並不是不知道。我們實在很窮很窮。但窮並不要緊，只要我們和和氣氣、相親相愛，一切的苦難都會過去的。可是，如今我們變成仇敵了，我們怎樣來支撐這個多難的家呢？

兄弟，我們實在很愛你，但你竟如此令我們傷心。你為甚麼這樣？你為甚麼這樣。你恨我，我一點都不怪你，我是只想説：我們的家是在倒下來了，你真忍心。

你和我流的是同樣的血液，你和我同屬於一個家。我們本來是兄弟。我們從小在一塊兒長大，但如今，你把我當作是你的仇敵。

聖經上說：當愛你的仇敵，當寬恕別人七十個七次。可是，兄弟，我不知道應該如何來愛你，也不知道應該如何來把你寬恕。即使是神，天火依然會焚城的。

喔，兄弟，我們的仇恨要結多深呢？我們已經活在一個不幸的時代，卻還要繼續築殘酷的劇場。我不知道一個人為甚麼要活進世界來，但我知道我們決不是為了種植仇恨而被誕生的。

兄弟，這是一個痛苦的時刻，讓我們睜開自己的眼睛，讓我們看清楚一切。此刻，我確信神的說話：如今尚存的有信有望有愛，其中最偉大的是愛。

築巢慾望

那些甚麼女孩子的雜誌，小姐們的雜誌，太太們的雜誌，會花很多的篇幅教大家怎樣佈置家庭。夏天，屋裏多種點草草葉葉，冬天，屋裏鋪多一些地氈，那些雜誌又說。家具要常常搬搬，房裏的風景要常常變，據說，這就是叫做生活的藝術。因為那是一種藝術，所以，女孩子們太太小姐們就馬上要群起而時習之。今天，她們把花瓶放在鋼琴頭，明天，又把大廳內的搖椅移到走廊去，她們忽然覺得牆上的飾燈顏色不調和，又想到過一陣再換一次電話的顏色。

女孩子本來都是很乖的，結果就越變越頑皮。當然，誰也沒有理由反對她們把家庭佈置得漂漂亮亮的呀，而且，心理學家也早就指出來了，小姐太太們所以喜歡把室內設計一個星期變三變，完全是因為她們有一種「築巢慾望」的潛意識。這，大概和飛鳥一般，喜歡築巢。

但是，女孩子的雜誌忘記告訴它們的讀者一件很重要的事情，有的家庭所以會吵吵鬧鬧，有的人好好的夫妻竟然幾乎要離婚，就是因為「築巢慾望」在搞鬼。

且說那個叫做大衛的男孩子吧，他喜歡電唱機這類的東西，於是買了好多，東一隻喇叭，西一隻唱盤，然後就滿屋子都是電線，這一來，碰上他的「築巢慾望」的設計家妹妹，看來看去不順眼，一搬就把電線都拉斷了。像這樣子，真是家和萬事興的大禍根。

有的先生們喜歡看書，寫東西，研究馬經，但太太剛巧又是一位「築巢」專家，於是，她那位先生就最倒霉了，回到家裏總見到一切都面目全非，還以為入錯了屋子，別說書本和紙筆全部不知去了哪裏，連寫字桌也可能為了「不合設計原則」而上了雜貨攤。女孩子的雜誌們，你們怎麼說呢。

綠色的沙漠

我們這裏種了好多樹。但我們這裏是沙漠。我們這裏長了好多的花，出產了整園子的奇卉。大家以為我們有一座森林。但我們這裏是沙漠。

誰喜歡哭，可以大聲地哭。因為我們這裏是沙漠。

每年每年有人在那裏彈鋼琴、唱歌，音樂比賽時熱鬧成一個展覽會，但是，音樂廳一年到頭都是冷冷落落的，誰來過，誰走了，大家不知道。

滿街滿街都是畫，人家的大廳中掛着它。學校的廊上，餐廳的牆上，高樓的壁上，都是畫，但是，畫展開了又開，沒有人知道誰畫甚麼，甚麼在畫裏。

大家都看書。大家拿着它們，背着它們，翻着它們，有圖畫的，有字的，中文的，外文的，但是，很好很好的「劇場」冬眠了，沒有錢再支持下去。很好很好的《文藝新潮》、《筆匯》，都死掉了。奇怪的是大家都在看書，而且看得很熱鬧。書攤子上的書很多，你站在書攤子前三分鐘都數不清它的數目。

有人一年看三百六十五部電影。電影院開了一間又一間。這裏的電影院，說不定比學校還要多。人人愛看電影，每星期每星期看，每天每天看。但是《愛與慾》又像舞會的牆花，被冷落在森林中。而且，我們等呀等，《赤沙漠》、《馬太福音》、《他人之顏》，究竟還會來不來。有這麼多人看電影，有這麼多的電影沒有人看。

這裏從來不是沙漠。這裏長滿了樹木，開滿了花，菜一般地綠油油。泥土很好，灌溉很好，氣候很好，人們經過的時候，總是說：這是田園，這是茂密的樹林，但我們大家都知道的，這是我們的綠色的沙漠。

一個綠色的沙漠，我們能做些甚麼呢？因為從來沒有人相信：沙漠竟會是綠色的，既開滿花，又長滿草。

要不要卡通

電影院一天到晚放映廣告。大家就嚷：這不行，我們做觀眾的難道出了錢來看廣告的麼，真是豈有此理。

於是大家又叫：給我們看一些新聞片，還有，給我們看一些卡通。電影院一聽，在「顧客永遠是對的」的原則下，終於全部接納。

那天，電影院可熱鬧極了。大家排排坐，聽了一陣前奏曲，看了一陣廣告，就見到了新聞片，而且是本地新聞片，大家開心一陣。接着，銀幕一亮，竟然是卡通。

觀眾應該皆大歡喜了是不是？平日，只要卡通一出現，電影院裏總有一堆人會拍手，但奇怪的是，這次沒有人叫好，而且，居然有人在叫倒霉。

有一個人說：放映卡通，哼，可見正畫一點不精彩，所以，才捨得放卡通。又有一個說：正畫一定很短很短的了，凡是放卡通，不外是塞塞時間。

電影院真是難做極了，你們說要卡通，好吧，我們給你卡通，但給了你們卡通，你們又說片子短，不精彩。

那天，我也擠在電影院裏。我是挺喜歡卡通的，所以看得很開心，但後邊一直有人在嘰哩咕嚕。到了散場，還有人在大叫倒霉。他們說：真的不是一部好片子，幾塊錢，原來是來看兩部卡通。

其實，那天的放映時間特別長，晚上的兩場電影放映的時間，一場是七點九，一場是九點九，電影院大可以不放卡通，提早十五分鐘放正畫。院方所以這麼做，還不是為了「顧客永遠是對的」。

至於「正畫一定不精彩」，我倒沒話說了，我實在不知道這年來香港究竟有甚麼電影是精彩的。你知道那天放映的是甚麼片？杜魯福的《烈火》。而有人居然會說，原來幾塊錢看的是兩部卡通。

樹葉不得兼愛

一天到晚躲在家裏做甚麼，快到郊外去走走，爬爬山（千萬別爬爬樹），踏踏青（千萬別踏踏花）。

到郊外去旅行，我們有好多事情可以做。可以野餐，可以划艇，可以釣魚，可以跑來跑去。但是，也有許多事情我們不可以做。

水塘是不可以扔東西下去的，雖然那裏邊有好多魚，喜歡得你大叫一頓，但是，你就是不得扔麵包給牠們吃，你就是甚麼都不能扔進水塘去。

地上的松子你當然可以拾回家去掛在聖誕樹上，或者自己製造小燭台，但樹上的可千萬別去惹，因為樹是長來給你欣賞的，不是長來給你攀折的。

許多人大概是屬於多手多腳的一類，喜歡踢石子和摘樹葉。踢石子，那不大要緊，如果你爸爸開的是皮鞋廠，那你可以大踢特踢，只要你不怕腳痛，但關於摘樹葉，唔，且慢，先要翻翻法律書。

老師當然常常對我們說：你們讀生物，該多去看看植物，採集一些標本，把葉子們摘回來，弄乾，壓扁，釘好，寫上甚麼脈、甚麼緣、甚麼狀，這才是活的書本、活的知識。

好了，我們且對着一片葉子想一想吧，摘下來行不行？如果摘了那片葉子，要不要坐牢的呢？對着那葉子，我們可頭痛了，因為我們又不能給那棵大樹一毫子，叫它送我們一片葉子。

大樹是不睬我們的，我們摘它一片葉子，它也不會叫救命，問題就是，摘得不摘得。那天，我問過老師了，他說，可以摘，只是，一個人只能摘八塊葉子。最多最多是八塊，如果你貪心多摘了一些，可別怪老師也沒法幫你忙啊。

當舖多籮籮

原來世界是間大當店。我們呢，每天就在上當。今天，我們上時裝的當，明天，又上現代詩的當，想呀想，又覺得自己是大笨蛋。但做人就是這樣的，要一天到晚上當，不然，就不是人。

既然我們橫豎是上當的了，不如就把許多的當上在一起，像滾雪球那般，越上越大的好。從現在起吧，找一種最大的當、最上不完的當去上，捉弄捉弄自己也好。

上書的當是一種方法。把所有的錢都拿去買書，把所有的時間都放在書上，看完小說看散文，看完劇本看詩歌，總之，甚麼都不做，做個書蟲，做個書獃子；於是，你才心安理得，你用不着羨慕人家今天遊日本、明天遊瑞士，也不管誰裝了無線電視誰裝了彩色電視，因為你一旦上了書的當，做了本書基本大笨蛋，你就不再理其他了，像這樣子，你雖然是在上當，但算起來，不過是上一大當，十分合算。

用同樣的方法，我們可以去上金魚的當。把所有的錢拿去買熱帶魚、大魚缸，又把所有的時間用來服侍魚兒吃吃睡睡，別的都不管，這樣也是一輩子不外是上一次大當。誰要是有興趣，可以上繪畫的當、上拍電影的當，總之是當越大越好。

你說加繆這個人怎樣，像他那樣上了書本的大當竟會大有收穫，要不然，他怎麼會得人家的諾貝爾獎金。愛恩斯坦也是畢加索也是，安東尼奧尼也是，他們之所以比我們聰明，是因為他們找到了最大的當店才進去，而我們，偏愛鑽那些小店舖。

我們也該聰明些，窮一生來上一次當，花我們所有的時間和金錢，作唯一的投資，與其上一千個小當，不如上一次大當吧。

簽名明星照

也不知打從甚麼時候起，我就沒寄信到外國去討明星簽名照了。總之，忽然地自己就聰明了起來。人家明星那麼忙，誰會替你簽名，你要的照，還不是那些秘書們幹的好事。從此，我就不要甚麼簽名照了。而且，有時候翻翻相片，見到馬龍白蘭度的一張簽了名的相片，就禁不住呵呵地笑起來。

那次，貝蒙多這「最醜陋的美男子」跑到香港來，我捧了本大書叫他簽個名，他不在，我把書留給了一個副導演，過幾天取了回來。名是簽了，但我知道那也是假的，因為我在街上自己又碰上了真真正正的貝蒙多，又真真正正地要他簽了一個真真正正的大名，和書上的比對了一下，像是像的就是不一樣。

於是，現在呢，我除非見到明星們自己簽名，就不相信真有親筆簽名照其事。哪一個人如果像我一樣，也做過影迷的話，也應該學學乖，不要以為凡是明星簽名就一定是真跡，犯不着空歡喜一場。

你到甚麼甚麼報、甚麼甚麼公司去討相片嗎，相片是真的，簽名多半是一個印。那些親筆簽的，說不定就是別人依樣畫葫蘆描的，你想想，明星們多忙，難道專誠抽空替你簽那麼的一張照片。

當然，有許多明星是自己親筆簽相片的，我就見過凌波捧了一大疊，簽得手都酸了。因為相片實在太多，只好請金漢幫忙。所以，即使是凌波親自簽的相片，有許多也是金漢的真跡，凌波迷對這點自然不會生氣，因為凌波或金漢，還不是一樣。

喜歡明星親筆簽名照，只有兩個辦法：一是親自找明星簽。否則，還是不要的好。另一個方法就是，找明星的朋友幫忙，不過，你不一定成功，因為找他們幫忙的人，說不定也在排長龍。

「作者論」影評

評電影，那真是麻煩透了，因為電影是一件分工合作的東西。評小說，大家可以拿起一本《流亡曲》然後就一直雷馬克、雷馬克下去。或者，大家要評樂曲，也可以攤開《田園交響樂》，一直貝多芬、貝多芬下去。電影不行。電影，說《羅生門》好了。大家看完它，可不能一直黑澤明下去，因為，還有芥川龍之介哩，還有配音的、打燈的、拍攝的、演的等等。

因為評電影是那麼地難，又沒有甚麼標準，有人就弄出了一套「作者論」，以電影導演作本位來評電影。我們這裏也有不少寫影評時愛「作者論」一番，一直以導演為最高統帥。

「作者論」的影評人是很忙的，他們要做一番統計的工作。他們要把所有的電影，不管很好的或很糟的都看看，然後把它們分門別類。你要評希治閣的《衝出鐵幕》嗎？你先要把所有希治閣的以前的大小作品全看過，即使不可能看到，也要知道，這樣，才能夠評《衝出鐵幕》。你才可以知道這部電影和希治閣以前的風格有沒有連貫性，主題上有沒有延續性，又有甚麼創新等等。

像這樣子，大家就變了在研究導演了。而且，像這樣子，我們是把一個導演的全部作品作為一個總評來批評他們的優劣，常常忽略了把某一部作品獨立圈出來給予評價。

「作者論」的出發點極好，它要求影評人努力，下苦功。但問題也接着來了，導演在電影中的地位真那麼高嗎？在一部電影中，導演的工作到底佔多少呢？像《烈火》原著是一個人，改編的又是另一個人，室內設計也是另外一個人，剩下來的，就是杜魯福。還是，這所有的一切，都和杜魯福有關？而且，我們不能因為有了《四百擊》，就以為杜魯福是「必屬佳片」的標誌。

別人做背景

聖誕節，女孩子最忙。女孩子有甚麼辦法不忙呢？舞會是一個一個排着，假期是一天一天地近了。女孩子現在最牽腸掛肚的，當然就是衣服衣服。

穿甚麼呢？這是一個大問號。有一種女孩子，喜歡做舞會中的公主。誰是這一類的女孩子，就應該記得一句話：把別人做背景。

今年流行甚麼顏色？紅的麼？那麼喜歡做舞會中的公主的人是不會穿紅色的，她會穿綠，因為，大家都穿紅，她必須穿綠，使所有的紅成為陪襯她的背景。這就是為甚麼許多女孩子爭着在花花綠綠的舞會中穿一件白白的晚裝的緣故。

許多女孩子以為自己很聰明，她們喜歡追隨潮流。其實，潮流是最能使一個女孩子黯然失色的，除非是，你潮流得比誰都早。

當潮流一到，你以為你追上了它而沾沾自喜時，沒想到你這樣做，已經替另外的一些女孩子當上了佈景板，你走在成千成萬的女孩子群裏，大家都穿同一花紋、同一款式的衣服，結果，別人因為你們而分外出色。

要參加許多人在一起的舞會，就得要研究許多人會穿甚麼。在這個時候，你得更積極知道潮流是怎麼樣，但你所以要知道，不是去追上它，而是要避開。

對於時裝的潮流，矛盾就是這樣產生的。你既要懂得順流而下，也要懂得逆流而上。

大家也許會想，如果每個女孩子都懂得拿別人來做背景，情形會怎樣呢？其實，這是用不着擔心的，因為世界十分怪，雖然有許多女孩子要在舞會上出盡風頭，做做公主，也有許多女孩子甘心情願做背景，而且，她們還會因為做背景而覺得快樂。要知道，能夠當上背景，等於是追上了時裝的潮流。

何不今日

人是很蠢的。大家都以為人很能幹、很聰明、很能支配時間，其實，人蠢透。說寫日記吧。這一陣，轉着要寫日記的念頭的人大概有好多，而且，大家都在決定要買一本新的日記簿，因為一九六八年要來了。

一九六八年要來了，那就是說，寫日記，應該由一月一日開始，那是最適合的。這種古怪念頭，不知是甚麼朝代想出來了，實在害人不淺。

一個人喜歡寫日記，那麼，找個隨便甚麼的簿子，拿起筆就寫好了，何必要等。寫日記又不是結婚，難道還得選個黃道吉日。

人們誕生的時候，沒有甚麼特別的日子，人們死去，也沒有日子可以選（自殺的不算）。一年三百六十五日，天天都是好日子，要做的事應該立刻做，根本用不着等。

十二月寫日記有甚麼不好？偏偏在十二月二十日開始一本新的日記簿難道會不

夠威風。事實上，那些在一月一日才堂堂皇皇地決定要寫日記的人，十個有九個是五分鐘熱度，不過是在那裏自己騙自己。真正寫日記的人從來不理會時間，因為值得要記的事，説不定全發生在十一月和十二月，偏偏到了一月，生活呆板得像原稿紙，那又有甚麼好記。

誰要是正在等一月一日才開始寫日記，那就是做了時間的大奴隸了，為甚麼要給時間牽着自己的鼻子走呢？有的人做起事來，就愛等，做功課嗎？等八點正開始，彈鋼琴嗎？等到九點正。難道七點五十分不能做功課，八點五十六分不可以彈鋼琴？

時間多寶貴，這件事上等等，那件事上又等等，比浪費金錢還要糟得多，很不聰明。

人生是兩段

人生如果可以一刀切成兩段，大概可以分為這麼的兩段：懂事的一段和不懂事的一段。做人所以會覺得原來一分沒理由沒意思，也就因為人生不過是這樣子。

一個人既然不懂事，不知道何以要讀讀書、唱唱歌、種種花，就和一塊大石頭沒甚麼分別。只知道吃飯那是沒甚麼意思的，所以，一個人就拚命要懂事起來。

一個小孩子懂事了，做父母的就開心了，看，我們的孩子，年紀小小的，已經很能幹的啦。這樣，全世界的人都在希望大家懂事起來。

於是，一個人長大、長大，忽然地懂事了。知道一個人所以要盡力地去做好自己的工作，是因為這是一種職業的道德；又知道我們雖然可以把自己困在一個小天地裏不理別人，但卻不得不和世人交往，和平共存，因為這是一個群體的社會。

我們懂事了，那是值得快樂的，因為一個人從不懂事到懂事，要經過許多許多年，要累積許多許多的經驗。但是，十分不幸，當一個人開始懂事，就會發現人生已經去掉一半了。

作為一個人，竟要花那麼多的時間去變成懂事的一分子，而這時候，人生又已經所剩無幾了。只剩下人生的一半，這麼的一點一點時間，一個人能做些甚麼呢？如果一個人一生下來就很懂事，如果世界可以變一變，一個嬰孩誕生時已經像他父親那樣懂事，不必重新入小學中學大學，而是一歲時已經有了六十歲的人的智慧，人生大概可以完整些。

歷史累積着，用不着一百年後重新算起，但人呢？每個人都要浪費二三十年去長大，而且懂不懂事，還得靠各人自己的努力。所以，人生實在很惹人生氣。

有用武之地

喜歡室內設計的女孩子，現在是大顯身手的時候啦。平日，我們怕人家會罵我們是愛築巢的鳥，但現在，我們可以把屋子大大設計一番，決沒有人反對，因為，聖誕節要來了，即使最不愛佈置的人也會找株聖誕樹擺擺，何況我們這些「設計人」。

店裏早就紅紅綠綠地很漂亮了，但來來去去不外是數十年來如一日的老套裝飾品，所以，既然我們愛設計，就該自己搖自己的腦，想出新東西來。

沙發的軟枕，可以大派用場，找幾塊不同顏色的布，每個替它們換一件衣服，然後在它們那大臉上，用毛線繡一個NOEL。那是法文聖誕快樂的意思，繡起來很容易，而且，它比英文的還要短。但記住在E字上面繡兩點，這才是法文的正字。

買一盒七彩的紙手巾，把它們剪成一個一個雪花的形狀，貼在玻璃窗上，這樣子，就有很濃厚的白色聖誕的感覺了。香港從來沒有雪花，這些紙雪花可以醫治南方的懷北病。

聖誕卡應該陳列起來，這是最不花錢而又最漂亮的裝飾。別老是把它們操兵般地排在鋼琴頭或電視上，或者曬衣服般地串成一條長蛇，這些雖然也是方法，但已經用老了。把它們像國畫般掛在牆上行不行呢？即使是用一個水果盆盛着，也是一個新念頭。

歌書上有平安夜，翻開那一頁，放在音樂架上。你的結他套可以當作聖誕襪，掛在一角，裏邊塞滿禮物盒。然後就是聖誕樹。何必買樹，難道自己不會做一棵麼，只要自己設計，要多新穎就多新穎，看看畢加索最近的雕塑，包你靈感不絕。

聖誕卡和你

買聖誕卡，還用說，當然是買了寄給朋友。可是，許多人就是忘記了聖誕卡是要來寄給別人，不是留給自己看的。

女孩子們選衣料，那是為了給自己縫一件衣服，所以，一切得為自己着想，衣料花紋好不好看，顏色適不適合自己，都以自己為出發點。

偏巧大家在買聖誕卡時就以為自己在買衣料，選呀選，選了一大堆，每一張自己都喜歡，但實實在在地說，自己喜歡有甚麼用呢，聖誕卡又不是選來送給自己的。有許多人就是這樣了，買了很多自己喜歡得不得了的聖誕卡，結果，半張也捨不得寄出去。

買聖誕卡當然得選，可千萬為別人選，莫為自己。要送聖誕卡給甚麼朋友，且先想想他們是甚麼樣的一種人，有怎麼樣的一種個性。喜歡嘻嘻哈哈的人，送些畫面活潑的。為人嚴肅的，就送些畫面靜態的。很藝術家很新潮派的，就送些頑皮的、花巧多多、詞字古怪的去。

送聖誕禮物，大家都很細心，知道送給女孩子的不外是絲巾、手套，送給男孩子的又是皮帶、錢袋，送給小孩子的總是大洋娃娃，這方面，沒有人會胡亂送，聖誕卡也一樣，既然大家把它當作一件「送出去」的東西，就得讓受者喜歡。

聖誕卡裏有聖鐘，這本來沒甚麼，但這樣的聖誕卡還是別寄給祖父祖母的好，蠟燭也是，因為年紀大的人特別不喜歡它們。

既然要送聖誕卡，別吝嗇，要寄上品。把漂亮名貴的聖誕卡送給朋友，他們會開心的，因為那是說，你看得起他們。而且，要知道，聖誕卡，一年才一次，已經是最廉價的「禮物」了，如果你還明白甚麼叫做公共關係。

3

影城行（一）

那天，碰巧是星期六，我跑到大街上去看看聖誕節的燈飾，逛呀逛，逛上了「香港影畫」去探探各位大編輯。誰知道，這一逛，竟給總編輯把我一把捉住，要我到影城去打一個轉，隨便寫點甚麼回來。接着，又塞了一大堆信給我，讓我好去帶給明星們。於是，大編輯們封了我做他們的「親善大使」，我呢，其實是個很飯桶的郵差。

有兩位攝影先生和我一起去，我們在彌敦道上就坐進了的士，嘩啦啦地上影城去了。的士的司機先生說，你們進片場嗎？我說是呀是呀。他說：車子不能駛進去的哩。車子當然不能駛進影城，影城的大鐵門一直守得很嚴，有一位印度先生守着這一大關，別說等閒人不能的士進的士出，連大明星也會被擋駕。

且說王羽吧。王羽可算是鼎鼎大名的大明星了。王羽本來有漂亮的跑車，有一天，他因為拍戲弄傷了腳，所以沒有自己駕車，就坐了一輛的士入片場。的士一駛到門口，印度先生不開門，要王羽下車走上山。由大鐵門走上山，這條路是斜路，別說叫普通的人走，就算爬山冠軍來走也感到吃力，何況是傷了腳的王羽。因此，王羽很是生氣，心想，我王羽，堂堂的大明星。回來拍戲，又傷了腳，連大鐵門都不肯開，真是豈有此理。於是一氣之下，立刻從的士中跑下來，揍了印度先生一頓。關於影城的大鐵閘，王羽倒是替不少人出了一口氣。

我們坐的那輛的士，在大鐵閘前停了停，就掉頭回去了，我走過大門時看看那位印度先生，他個子蠻大的，不過，我們的王羽是「大俠」，而且還會空手道，看來，印度先生不會是他的對手。不過，我心裏忽然又在想，印度的聖泰也哲雷那導演應該變變題材了，為甚麼他不多拍拍他的那些苦難的同胞呢？他們離鄉別井，卻是為了替別人守門而來。

影城行（二）

我先要去看看胡燕妮。電梯上了六樓，我找到了她的那一層，但她拍戲去了。喔，對了，她現在十分忙，有一個新戲要她演。於是我跑出來，在走廊上一站。原來我站的地方對着一扇門，門上有一個福字的門飾，這裏是誰住的呢？當然是沈依了。沈依，我從來沒有到她家裏去坐過，而且，我正有一封信要交給她。這樣，我就把福字上的一個環打了兩下。

沈依的母親來開門，一請就把我請到裏邊坐下了。哈，房間裏邊才熱鬧，正正中中對着門口坐着的竟然是個最頑皮的方盈，另一邊已經站起來的可不就是沈依。沈依今天打扮得好漂亮，短短的頭髮，額前是整齊的留海，穿的是一件大家叫它們做「阿高高」，其實就是很潮流的意思的一條裙。裙是橙得紅紅的，上半截是一橫一橫的彩色，又紅又黃又橙。在冬天穿一件這樣的衣服實在使人見了喜歡，要知道，冬天是那麼地冷，又那麼暗沉。沈依給我的印象是很活潑的樣子，而且我覺得她並不像人家所說的很驕傲，鼻子也沒有朝天。

我把帶來的信給了她，原來是一張很美麗的聖誕卡，像一本書的模樣，裏邊印滿了聖誕歌。沈依很高興，因為她也喜歡那張聖誕卡。

沈依的母親忙着端茶，然後就坐在大圓墊上打毛線衣。原來明星們的母親都是打毛線衣的好手，像李菁的母親，就自己織毛線衣給李菁穿，沈依的母親也是，我看着她正織着一件細細的灰藍色的珠冷，織得又齊又輕軟，真是佩服她。沈依身上也披了一件大毛線衫，橙黃的，花紋是一格格的，每個格子裏有小直條小橫條，是很精細的手工，至於那幾顆鈕扣，是墨水瓶蓋那般大的玻璃鈕，沈依真是好運氣，不愁沒有漂亮的毛線衣穿啦。

影城行（三）

忽然有人打門。進來的是一位攝影記者。他一進門竟見到了一個大大的方盈。啊呀，啊呀，我找得你好苦，原來躲在這裏。方盈笑呀笑。原來方盈的個性和別的女明星不怎麼同，她是不喜歡拍照的，所以，攝影記者找她拍照，總是碰釘子。

方盈這時沒化妝，而且過幾十分鐘後就要趕去配音，攝影記者也沒有辦法，只好只替沈依一個人拍照。於是沈依把她腳上的粉紅色的有很多毛的漂亮拖鞋換了，穿了一雙漆皮的彩綠色矮跟鞋，站在房間裏拍照，我和方盈坐在廳子裏吱吱喳喳。

我在大會堂碰見你哩，她說。但那天看的是甚麼電影，方盈不記得了。這一陣，大會堂的電影，她看了好多，她說，那次的瑞典電影節，悶死我了。

方盈人就這麼坦率，她說那電影悶，就說悶，絕不會說好看。如果是別的人，大概一定會說，啊呀，那電影真了不起，好看好看。但方盈不這樣，她老實地叫悶，雖然，那天她看的是英瑪褒曼的《第七封印》，還有那些默片。

今天，方盈穿的是甚麼呢？許多女孩子知道了就會開心的。方盈穿的是一條男孩子款式的米色牛仔袴（就是拉鍊裝在前面的），然後就是一件黑的小圓領從頭上套的毛線衣，花紋是一條條，扭脆麻花那般扭在一起的條紋，腳上是一雙米色的麂皮平底鞋，這一身打扮，實在瀟灑。要知道，方盈留的又是短頭髮。如果要找一個女孩子演演 *Breathless* 裏珍西寶那個角色，除了方盈，再也找不到別人了。最近，方盈看過了珍摩露的兩部電影，她喜歡演教師的那一部，不喜歡東尼李察遜導的一部，其他的電影她說喜歡《春光乍洩》。

影城行（四）

沈依的房間裏很暖，因為開了個暖爐。但除了暖爐，是那些室內的顏色叫人舒服，尤其是牆，因為牆上是特別鋪上的白色和金色的牆紙，使人不會感到白粉牆那種冷冰冰的味道。香港地方比較潮濕，許多人都不愛糊牆紙，但牆紙們實在漂亮。

我在廳子裏坐了一回，就擠到沈依的房間裏去，問問她可肯送些相片給影迷，她說好，就給了我相片。我又要她親自簽名，她又說好，就簽了四張。她一面簽，我一面看呀看，原來她房間裏的梳妝檯是金色和白色的，足足有她的床那麼長，檯上的化妝品多得厲害，真不知沈依化一次妝要用多少化妝品，又要多久。

床上有一件橙色大衣，當然是沈依的。沈依今天穿的全是橙顏色。你喜歡橙色是不是？我問她。她說是。唔，讓我想想看，喜歡橙色的人的個性是怎麼樣的呢？有人說，喜歡橙色的人有藝術家的氣質。那麼沈依呢？她家裏沒有掛畫，她大概不會喜歡畫，我猜她比較喜歡音樂，因為廳子裏有不少的唱片哩。

我一直贊成女孩子穿得漂漂亮亮，至於明星，我更希望她們潮流得早，所以，我十分開心的看看沈依的大衣，又看看她的高高裙。沈依真是捨得穿貴衣服，她那件裙，我問過她了，連卡佛的，至於那件大衣，我知道，新到的貨，我在店裏見過，兩百塊錢有找，款式像個斗篷，卻一點也不肥。

好了，現在要說說四張簽名照的事了。你們有誰是沈依的影迷不？我可以送你們她的親筆（保證真真正正由她本人簽）簽名照。條件沒有，寄信到「香港影畫」給我，我會寄給大家。因為只有四張，只好憑郵戳決定，先到先得。

影城行（五）

攝影記者雖然要和沈依拍照，但方盈在，當然不放過她。他問，方盈，你的台灣朋友怎麼樣呀？方盈轉轉眼珠子。甚麼台灣朋友，我一點也不明白，她說。那個畫畫的，說要找你拍電影的，他說。

方盈說，關於那個畫畫的，全是外邊人在傳說，至於要拍戲，方盈自己也作不了主，因為她和公司簽了合同，怎會隨便替人家演。於是，攝影記者沒話好說，專心去替沈依拍照。

不知怎的，我最怕拍照，方盈說。她說，有的畫報和畫刊氣壞你，從來不替你着想，見了相就胡亂登出來，不管你美麗得像天仙還是醜得像八怪，真叫自己心寒。這點，方盈倒是說對了。所以，外國有些大明星根本就不和攝影師打交道，隨便甚麼人都不可以替自己拍照。像碧姬芭鐸，就有私人攝影師，一切要刊登的相片，自己可以有權選擇，因為這是保障自己「美麗的一面」的方法。而且，誰知道攝影師的本領好不好，難怪大明星見了攝影先生就躲起來。

方盈雖然不愛拍照，但相片還是很多的，我又問她能不能送一些給影迷，但因為她這時是在沈依家裏，如果回宿舍去拿，趕不及去配音了。而且，那天天氣冷冷的，我也不好意思要她走來走去。不過，方盈答應了下次給我，那麼，她的相片，這次我是沒法子送給大家了。

關於聖誕節，方盈和沈依說暫時還沒有節目。影城裏雖然有舞會，但方盈說：悶死人，我寧願坐了汽車去遊車河。去年，方盈參加過影城的舞會，還抽過獎。獎品是交換的。方盈和胡燕妮兩個人去年包的獎品是一人一罐罐頭（別忘了，她是頑皮蟲），抽回來的是一盒糖。今年，參加不參加，還要到時才決定。

影城行（六）

打從沈依家裏跑出來。這次，又去找誰呢？唔，該看看李菁。因為胡燕妮、沈依、李菁都住在一層上，每人佔一個前座、中座、後座。

李菁的廳裏有好多人，因為到了幾個記者，他們大概吃了不少點心，因為大餐桌上又是茶杯又是點心盒。李菁則在房裏。我記起來了，李菁近來在看醫生因為傷了腿，所以多數躺在床上休息。於是我到房間裏去看看她，這時，醫生也在，正替她治理。

李菁因為不能多走，所以穿了一件粉紅色的睡袍坐在床上，小腿腫腫的，我猜她一定是很痛了，但她說，現在不痛，因為已經好多了，早些日子，腫得更厲害。李菁的精神倒挺好的，她還是和以前我見她時那樣很愛笑，而且笑得很甜。我一直覺得她是最和藹可親的，因為，當你越見明星越多，就覺得可以真令你喜歡的也就越少，有的明星見面不如聞名，有的明星不過是敷衍敷衍你，假得直令你倒抽冷氣。

我也把帶來的信給了她，她謝了我又謝，真教我不好意思。當她知道影迷希望得到她的相片時，也親自簽了一疊相片給我，雖然相片上已經蓋了她的名字的印，她還特地簽一次。同時，李菁特別要我在這裏祝大家聖誕快樂、新年快樂。而我們，大概也希望她早占勿藥吧。

早些日子，我在相片中見到李菁長了一頭長頭髮，今天見到她，才知道她原來又變了短髮型。說不定，她是戴了假髮了。但短頭髮使她看來活潑又精神。我看，她大概又要拍一輯短髮型的相片了。至於她給我的九張親筆簽名照，大家如果喜歡，也是寫個信給我就行了，依然是寄信到「香港影畫」去。因為只有幾張，所以，還是老辦法，先到先得，憑郵戳決定。

影城行（七）

從李菁家裏跑出來，肚子餓了，我只好上片場那餐室去祭五臟廟，剛到餐室門口，就見裏邊又熱熱鬧鬧，很多人都在那裏忙着吃吃喝喝。我探頭一望，瞥見一個胡燕妮。啊哈，是你，我指指她。她捧着一隻碗，回過頭來笑了笑，作了一個「咦，你進來啦」的表情。我一腳踏進門裏，翻了兩封她的大信給她，有一封是一疊大書，外國寄來的，郵票總共有十多個，有的是和平鴿，有的是聖誕紀念郵票。我把最大的一份郵件交給胡燕妮時，郵面上已經被撕掉了一個大角落，那是說，郵票全給攔途截劫掉了。郵票給誰搶了？我忘記告訴大家了，剛才在沈依家裏時，方盈把我帶來的信全翻看過，見到胡燕妮的郵件上有漂亮郵票，就撕了下來。她說：一會兒告訴胡燕妮，說是方盈要去的好了。她又說，胡燕妮不集郵的。

於是，我就告訴胡燕妮，方盈把郵票先撕去了。她們好朋友，從來無所謂。至於方盈的影迷們，你們如果有漂亮郵票，記得寄點給方盈。

胡燕妮坐的那一桌上，有好多人，坐在她左邊的是喬莊，我喂了他一聲，也交了一封信給他。在胡燕妮右邊坐着的，是導演羅臻。他戴了一頂鴨舌帽，穿得暖暖的。在許多導演裏邊，羅臻應該是最勤勉、最咪書的一個，因為只有他訂了電影的《視與聽》、《電影軍》、《電影文化》這些書來看，所以，我很尊敬他。雖然，他現在拍的電影我還是覺得是他嘗試中的一項失敗，不過能夠嘗試，已經不錯。

一個導演，多看外國電影、多咪電影書本是好的，我希望別的導演也學學羅臻，訂些電影書來看看，要不然，即使你多有才能，也會用盡。而且，電影不能永遠停在一個點上，時間從來最無情。

影城行（八）

有一伙人叫了一桌飯，剩下幾個空位沒人坐，我就坐上去了。這次吃的是幾個普通的菜，和一個大飯桶裏盛的飯，不過氣氛很是熱鬧。我不時回頭看看胡燕妮，她穿一件棗紅的毛線衣，一條斜紋格子A字裙，頭髮垂在肩上，臉的輪廓不是那麼鮮明。她們那一桌正在吃一個火鍋，燒燒煮煮的，大概是剛拍完戲，才那麼人齊。

我這一桌上的全是攝影部門的先生。有一個說，你們外邊這些人怎麼把我們影城裏的明星描像得像這神仙生活似的呢？我當然明白，做明星們也實在不快樂的。畫報上過了很久還輪不到自己做封面，心裏就擔心了，片子上映不賣座，也有得愁了，交上了一個男朋友，要不要結婚，更加煩，每天對着鏡子照，最怕的卻是時間。此外，還有些人一天到晚纏在廳裏不肯走。偏要對他們扮笑臉，又不敢隨便得罪，像這樣子，做明星怎會快樂。

其實，不快樂的豈止明星，做導演的難道又很快樂。生活就是這樣的了，你得活下去，你得受點苦。不過，特別要告訴許多羨慕明星生活的女孩子的是：做明星並不是做神仙，用不着着迷，一天到晚發明星夢。

同桌上有一個人問我，亦舒怎不來。亦舒，她做母親了。當他們知道她的丈夫也在影城，而且就是美工部的「怪人物」，就大叫爆冷門。其實，亦舒是個了不起的女孩子，她的丈夫和她很相配，他們都是藝術家。

我又回頭去看看胡燕妮，但那桌子上的人全不見掉，大概又回去拍戲了。另外一張桌子上，坐着一個王羽。他穿的是白的武士打扮，額上有一條縫。你怎麼啦，我說。給人斬了一刀，他答。我瞧清楚了一眼，看得出是化妝。我只和王羽講了一句話，就趕緊吃飯了，因為同桌上，我吃得最慢。

影城行（九）

吃完飯，不見了胡燕妮，連王羽也不見了。我擠在一堆人中間，到戶外曬曬太陽。有人打開畫報在看，標題是：王羽和人打架。王羽的脾氣真是大啊。大家說，王羽和岳華打過一次架。大家又說，因為鄭佩佩是個傻丫頭。我也覺得，鄭佩佩真的是一個傻丫頭嘛。

鄭佩佩是個很可愛的女孩子。這個人，沒有一點邪氣媚氣，所以，很討人喜歡。大家都知道，岳華是十分喜歡她的。佩佩去了日本，岳華當然會寫信給她。有一次，岳華大概覺得，朋友之間，有甚麼不能說呢，就在給佩佩的信中批評了一下王羽。

本來，這是一件小事，而且，和人寫信隨便談談也無傷大雅，但偏巧鄭佩佩是個傻丫頭。

有一天，有人問佩佩，你和岳華怎樣啦。這種問題，女孩子總會碰上的，只要有時你們兩個人一起看看電影、蕩蕩馬路，立刻就有千里眼順風耳愛管閒事，但佩佩就是一個傻丫頭。她說，沒這回事。說完，居然把岳華給她的信公開，表示大方。於是，岳華的評語就傳到王羽那裏了。於是，王羽就和岳華打起架來了。

唉，佩佩真是一個傻姑娘了。你怎可以把人家的信公開呢。凡是女孩子，不管在不在戀愛，都應該守守戀愛的道德，就是別把男孩子給你的信當作新聞報。人家愛你，難道犯了罪？所以，大家都應該尊重一下別人，你不愛的人也是人，而且，每個人都有他的自尊。

（代郵：各位朋友，你們早兩個月寄我的信，我前天才收到，只能在幾天內回給你們。至於要請我喝茶的朋友，時間已過，來信又沒地址，我也不知道怎麼辦了。）

影城行（十）

秦萍的廳裏放了好多好多聖誕卡，她一個人坐在沙發上拿着聖誕卡，這張看看，那張看看。大家寫信給我的時候總是說：你甚麼時候去看秦萍，記得問候她呵。於是，我記得很牢很牢，就像人家到「三藩市，記緊頭上插些花」那般。

明星們各有各的喜愛。有的愛鞋子，有的愛大衣，秦萍喜歡帽子。所以，誰要是想送禮物給秦萍，最好就是送帽子了。她用它們來配衣服，像這天，她用黃色的帽子配一身毛線的衣裙，後來又用一頂藍色的帽子配一件藍色鑲粉紅邊的襯衫裙。秦萍所以把衣服換了又換，因為又有一位記者先生到了。

因為要拍照，我們就幫秦萍的母親把櫃頂的大聖誕樹搬了下來，那是一棵白的樹，和秦萍一般高。秦萍呢，大概有十張大聖誕卡排起來那麼高。

一個人的簽名有時候會變呀變。秦萍的簽名就和以前不同了些。以前，她簽的名像水波紋，一圈一圈的。現在不了，現在的簽名像被輾路機輾過似的，擠得很扁很扁。今天秦萍給了我九張親筆簽名相片，每張都不同款，這些相片，我又可以送給大家。寄個信到「香港影畫」來。只有九張，送完算數，即使用槍指着我，也不行。

原來，明星們廳子裏都插了花，李菁那裏餐桌上和茶几上擺的是菊花，秦萍這裏的也是菊花，還有兩朵大芍藥，花都放在唱片櫃上。唱機這時播放着一首名曲，是靜靜的〈沉思曲〉，這首歌，是《泰綺思》裏邊的。誰讀過小說的《泰綺思》，就知道那是一個人在那裏想呀想。秦萍是個不大作聲的女孩子，她一定是很愛沉思的吧。不過，女孩子太靜不怎麼好，希望秦萍頑皮些，因為，現在的世界，是個swinging的世界呀。

富翁的時髦

世界上有錢的人多得不得了。有錢的人常常喜歡表示自己很有錢，像以前那個到過香港來的米高鐸，喜歡一給就是五塊錢貼士，即使是你替他開一開門，遞一遞外衣。

有錢人也有有錢人的潮流的，以前凡是有錢人一定得把錢存在瑞士銀行，一定得在法國南部買一座別墅，然後就是駕駛最漂亮名貴的汽車。現在呢？現在的人如果要表示自己有錢，就做這樣的一件事，叫自己的理髮師到你面前來。

最著名的理髮師，當然是那個叫做薩遜的倫敦人，在英國，你跑進他的店去，剪一個髮（單是剪，不吹不理），由他的助手辦，收你兩鎊四先令，如果由薩遜自己動手，收你四鎊四先令，真是甚貴甚貴。

有錢人怎麼辦呢？像法蘭仙納杜拉的太太米亞，梳了那麼一個沒多少吋長的沒多少條頭髮的髮型，偏要這麼第一流的理髮師到自己面前來。那天，米亞在荷里活，她說，找薩遜來。於是薩遜只好去了，坐的是飛機，由倫敦飛到荷里活，路程是六千里，用了多少錢呢？五千塊美元。折合港幣，大概是三萬塊，理一個髮，三萬塊，真是要命，那筆錢，足夠一個學生到外國去留學了。

卓姬那頭頭髮，也不簡單，別看她不過長了普通的男孩般的直髮型，又是要一大筆理髮費。那次，她去了紐約，碰巧正需要剪一次髮，於是，專門替她理髮的連納多老遠從倫敦飛到紐約去，花了二百五十四鎊十一個先令，路途是三千五百里，而剪的不過是八分之一英吋丁點兒的頭髮。

自從「叫理髮師到面前來」的潮流一到，連許多有錢人也登時失了色。哎呀，哎呀，難怪有許多王老五說：現在的女孩子，我們娶她們不起。

雌雄大盜

阿瑟潘真是好本領了。我以為只有安東尼奧尼才好本領，誰知道，阿瑟潘一點也不糟。

如果我說《雌雄大盜》其實和《春光乍洩》一般現代，大家一定會說我發神經，不過，大家得看清楚，《春光乍洩》是倫敦即景，很顯很顯的寫法；《雌雄大盜》是美國式的即景，很隱很隱的寫法。

那個故事是一九三〇的，雖然是真人真事，但阿瑟潘可並不是在那裏講故事，他也和安東尼奧尼一般，在反映世界的現狀。你認為《春光乍洩》的人物很前衛、服飾很潮流嗎？那你就得知道現在最時裝的卻是《雌雄大盜》中的衣飾，那maxi已經新過mini；那些復古的臉部化妝，還有那頂邦妮的帽子，正是今年瑪莉鄺的最新商品。

阿瑟潘借一個古老的故事，寫現代人的感情。起先，我們以為那是一個普普通通的故事，甚至嘻嘻哈哈地笑，以為那是一個鬧劇，但漸漸地，我們就知道那是悲劇，悲的可不是這兩個人要死了，而是我們忽然發覺，世界和你很隔很隔，你甚至不能「在距母親三里外的地方」定居。

一些人不知道怎麼，居然當上了強盜，正如我們這些人，不知怎的，居然會跑到世界裏來。人們其實沒有地方可以去，沒有路可以退走，而逃亡的終結即是死亡。

邦妮和母親相見的一場，像夢一般，快樂得十分哀傷，但她和克拉死去的一場，卻哀傷得帶點快樂，也是恍如夢境，這兩場都明顯地拍得很好。

青年人你們要甚麼呢？大家都不明白。克拉說，他和我無怨無仇。但他把他打死了。而邦妮和克拉其實是兩個平平凡凡的人，我們覺得他們是活生生的，因為只有活生生的人才是那樣，有時會做些自己也不明白為甚麼要做的事，而本質上，他們又不是甚麼壞人。

薩巴達鬍子

呵，原來現在的一些男孩子，流行長鬍子。長甚麼鬍子呢？不是別種，是薩巴達那種。我們看過馬龍白蘭度演的《薩巴達萬歲》了吧？男孩子們一窩蜂地在學他。這個墨西哥將軍，倒成為萬人模仿的偶像了。英國的一間專為電視電影做假鬍子的廠，近來生意好極，每天賣掉二十副薩巴達鬍子。還有人在訂購。

誰長這些鬍子呢？還用說，當然是許多人，狂人有份，明星也有份。總之是，你也長，我也長。有的人的鬍子不夠漂亮，所以只好戴假的，有的人本領好，就自己長了一撮。據長這種鬍子的人說：起初那兩個星期，實在夠你受，但長好了之後那麼神氣，也就很值得。一位心理學家（不長鬍子的）說，愛長鬍子，在青年人來說，是反叛的象徵。上個世紀，比利時起革命時，就貼了假鬍子作記號。

為甚麼要長鬍子呢？狂人們是想掩藏他們的身份，有的人想變變自己的樣子。米高約這個演員自己沒長，卻戴了一副假的，他說：假鬍子是使人立刻變為成熟些的護照。他在新片中不得不戴（《馴悍記》），但希望以後自己長。

大衛漢明斯這傢伙是個鬍子迷，為了拍《輕騎突擊隊》長了真鬍子而一直不肯剃，現在要拍《巴巴里拉》，剃了鬍子，老是覺得像赤裸了一般。

埃及人奧馬沙里夫又是一位鬍子王，他說，凡是和蘇菲亞羅蘭演對手戲，我一定蓄鬍子，這樣，可以吸引一下觀眾的視線，不然的話，大家都把眼睛盯在她的胸前。

一副假鬍子，值三鎊至十鎊，要是大家留心觀察，會發現蓄鬍子真是風尚，泰倫斯史坦、貝蒙多，都是鬍子集團的，最近，又多了一個辛康納利。要是你的男朋友也蓄一撮薩巴達鬍子，女孩子，你的看法怎麼樣呢？

魚出之日

大家還記得《古城春夢》那個導演不?加高耶尼斯現在拍了一部新片,叫做《魚出之日》。這個電影在終場時沒有「完」字,所以,巴黎的一大堆傻觀眾等了老半天,還不知道電影已經完場了。加高耶尼斯說:我那電影的結尾其實才是開場。我不喜歡在電影結束時放一個「完」字,因為它限制了藝術的界限。

為甚麼許多人會以為《魚出之日》還沒終場呢,原來那電影是說,在一九七二年,一架美國轟炸機半途時機件發生障礙,只好把兩枚核彈和一包神秘東西扔在一個小島上,但為了不想驚動大家,就事後派大隊核子專家,喬裝勘察員去找。結果,核彈是給找回了,神秘東西卻給一個村巴佬撿了去,以為發了大財,拾到了寶。村巴佬夫婦花了好大的勁弄開了包裹,卻發現裏邊竟是一些紫色的雞蛋般的物體,男的失望地把「雞蛋」拋下海,女的卻把它們扔進了供應整個村落水源的水塘。電影到此到完了。

那些「雞蛋」其實是核子廢料，破壞力極強。加高耶尼斯所以要拍這麼的一個電影，是想指出：正確的情報是多麼重要。也即是說，一般人根本不知道甚麼是危險品，許多人都是無知的。權威界為甚麼不說，島上有神秘包裹和核彈，偏要隱瞞大家呢？結果，所造成的後果是不堪設想的。

很多的電影拍到現在，多半言之無物，空空洞洞，加高耶尼斯的可愛就在他總是有話要説。《魚出之日》的音樂，是《古城春夢》同一人配的，那位第奧多拉基斯現在正在希臘坐牢，因為最近希臘搞得一團糟，連加高耶尼斯也不敢回去，連梅麗娜瑪高麗也被開除了國籍。

《魚出之日》還沒到港，如果將來這裏放映它，大家可以去看看，片裏的有趣服裝也是導演自己設計的。

吾人之顏

關於臉，我們有兩件事要做，一是矯飾，一是護理。矯飾品和護理品，多得要命，就是我們統稱的化妝品。有的女孩子對於它們理都不理，有的女孩子對它們全部接納。我説，對於化妝品，我們要看各人的喜愛，我們可以又護理又矯飾，也可以只護理不矯飾，如果是又不矯飾又不護理，天哪，沒話説啦。

見過人家煎魚？有沒有人煎魚的時候不先洗魚麼，沒有。有沒有人在煎魚的時候油鍋中不放點油麼，沒有。好極，其實我們這些人所以要護理一下自己的皮膚，還不是和煎魚一般。洗是要使魚乾淨，鍋中放些油，是好使魚不至煎焦。

女孩子，可以不去理那些假眼睫毛，藍藍綠綠的眼蓋膏，也用不着理會臉上的陰影陽影，因為這些都是矯正容顏、裝飾臉面的化妝品，濃妝是屬於濃妝的人的。女孩子要理的是如何好好地保護自己的皮膚，就像煎魚時別把魚煎焦。

保護皮膚，單是這麼的一件小事，原來也夠女孩子忙的了。誰要是去買過化妝品就明白，實在並非賣貨員在兜生意，要你買一大堆瓶子，而是即使保護皮膚，也得用好些化妝品。最起碼最起碼，要三樣。先是一瓶洗洗的油，塗在臉上，用洗臉的雪花膏同樣有效，但記得要把這些油膏用面紙抹得乾乾淨淨，高興的話，再用清水過一過。

皮膚上是有毛孔的，洗了臉，毛孔會開，於是，就要用另一瓶清水似的爽膚水蘸了藥棉抹抹臉，好使毛孔縮起來，同時，爽膚水多半會殺菌，又能中和肥皂的鹼性（如果有人愛用肥皂洗臉）。於是臉乾淨了（乾淨是保護皮膚的原則），但臉上本來的油脂全消失了，這樣，就塗一層滋潤霜吧，尤其是冬天，皮膚就不會裂開來了。

關於浴缸

許多東西，過了一陣，大家都覺得它們有點不順眼，於是，就想辦法改呀改。現在，很多的人，忽然覺得我們家裏的那個浴缸，實在不順眼。

也不知道是不是受了些電影的影響，浴缸實在十分給人一種恐怖的感覺。一些電影裏常常演浴室謀殺案，整個整個的人被浸在浴缸裏，直瞪着眼，很怕人。有些人並不喜歡浴缸，他們寧願用花灑，有些人，從來不肯睡在浴缸裏。

總之，浴缸也實在不討人喜歡，那模樣，方方的，長長的，活像一具棺材。而且，小孩子如果在浴缸中沐浴，做母親的可辛苦了，把腰都彎得幾乎要斷掉。至於洗浴缸的滋味，大家也受夠了，有些人就因為不肯洗浴缸，寧願不洗澡。

設計家們都是智多星，他們當然第一個曉得現代人很不喜歡目前的浴缸的面孔，於是，他們在那裏設計，把浴缸一變，變了和一張沙發的模樣，喜歡看書的人，可以坐在那裏大半天。（又有人開始在發明防水的報紙和書本，好讓那些喜歡坐在浴缸中閱讀的人歡喜。)

沙發型的浴缸的模樣圓圓的，像一朵花，做母親的可以不必另外備一個小浴盆來替小嬰孩洗澡。這種浴缸還適合洗頭，不然的話，大家又得搬個大面盆來用。

只有一種人大概不會喜歡沙發型浴缸，就是那種喜歡作泡泡浴的人，不過這種人實在是少數。說不定，過了十年八年之後，我們現在用的這些浴缸大概要進博物館去，或者，我們只能在電影中再見到它們。對於這種大浴缸，電影是最捨不得的，因為沒有了它們，電影怎能拍泡泡浴，又怎能拍恐怖的浴室情殺案呢。至於我，我並不希望十年八年後大家都換了新式浴缸，而希望十年八年後，家家戶戶都有一個浴缸就好了。

藝術實驗室

倫敦的藝術界又多了一件好消息傳出來，原來他們開了一間藝術實驗室。所謂藝術實驗室，和我們的大會堂性質差不多，只是，它是私人辦的，又可以更熱鬧些。

藝術實驗室是座大屋子改成的，常常放映電影，上演話劇，朗誦詩歌。和別的藝術場地不同的是，它是特別為了無名藝術家開的。譬如說，安東尼奧尼，他的電影即使普通電影院不放映，自然有特別的電影協會放，可是如果一個無名小卒，自己高興而拍了一部習作電影，想給大家看看，該拿到甚麼地方去展示呢，以前是沒地方的，現在卻可以拿上藝術實驗室。於是，你出了一本薄薄的詩集，畫了幾幅不夠開整個畫展卻很出色的畫，可以拿到藝術室去。總之，藝術實驗室就是一個專給任何人發表作品的地方。

開辦這個實驗室的是一個美國人，叫占海尼斯，是個高個子，短鬍子，不愛勞斯萊斯而愛藝術的傢伙。他稱他的實驗為「自由大學」，在他的場所，人家可以表現任何藝術上的新事物，可以來一幕「事件」，作一次「驚異」，盡量發展。

海尼斯為了開辦實驗室，已經籌到了三千鎊，他希望籌多七千，使整個場所積極進行。藝術實驗室每週開放六天，每天開放十六小時，裏邊有一個畫廊、一間小劇場、一間地下電影院，這間電影院裏的地上鋪上軟墊地板，所以，根本用不着放椅子。此外，建築物內還包括一間書店、一個餐室和一間咖啡室。

香港如果能夠開一間這樣的實驗室可多好，尤其是包括一間書店。要知道，這裏的書店是那麼地叫人害怕，而你需要的書本又是那麼地缺乏，連一本《視與聽》，也要去搶才買得到。

顏色紅黃藍

如果爸爸媽媽們要為我們讀書讀得好一點着想，最好請他們把我們讀書的地方塗上藍色了，這些顏色使我們可以安靜下來，又可以使腦子清醒。

如果爸爸媽媽們不想吵架，最好請他們把臥室改一下顏色，因為紅色的睡房最容易令人情緒不好。客廳也是，紅沙發，紅地氈，紅窗幃，暖是暖的，鮮艷是鮮艷的，但我們又不是請客人來開辯論會。冬天，要使客廳暖洋洋，該用黃色。

誰在減肥嗎？千萬請煮飯的英姐不要煮一些有水蜜桃般顏色的菜出來，因為桃紅色最能令人胃口大開了。如果開餐室，那就不同，紅番茄呀、黃菠蘿呀、胡蘿蔔呀，越多越好。

既然天氣冷了，家裏又沒有暖氣和電爐，牆不能油白的了，奶油色就好得多，如果牆不能改顏色，就該掛一些暖顏色的畫。

瑪莉鄺對顏色的看法是怎樣的呢？她說，顏色要起刺激作用。她說，衣服的款式不能吸引眼睛，吸引眼睛的是衣服的顏色。瑪莉鄺喜歡顏色，但她不喜歡調和的顏色，她喜歡衝突的顏色，不過，她也承認，斑馬色彩已經出現得太多，多得使人們的眼睛看得飽和了，於是，顏色暫時要冷靜一點。

任何一個人都知道暖色是紅黃橙，使人快樂興奮；冷色是藍綠，使人寧靜平和。有一家航空公司，把飛機艙塗上黃色和棕色，結果，搭客暈機的很多，於是只好把機艙改上藍和綠，情形就轉好了。

大家穿過通往沙田的隧道麼？隧道裏邊為甚麼不塗上紅黃橙紫，而偏是綠色呢？那就是因為綠色是最適當的，讓駕車的人冷冷靜靜，坐車的人又不會暈車。

從倫敦到紐約

《八十日環遊世界》是個有趣的故事，有趣的故事是可以拍成有趣的電影的。在那個故事裏邊，最意外的莫過於那忽然不見了的一天，或者是，那忽然多出來的一天。像這種情形，我們還找得到，還能編一個相類的「時間古怪」的故事嗎？可以，可以，而且，也可以很有趣。

譬如說，現在我們要從倫敦上紐約去，坐的是飛機。我們乘的是一點十五分的下午班倫敦機，當我們抵達紐約，看看紐約的大鐘，剛好是噹噹噹噹的四點正。你說時間快不快，從倫敦到紐約，原來不過兩個鐘頭零四十五分。可是，事實才不那麼簡單哩，我們且看看我們手上的錶吧，我們的錶告訴我們，八點四十五分了。原來我們坐了七個半鐘頭的飛機。

於是，很怪的事情就會發生，因為照倫敦人的感覺，八點四十五分，那已經是晚上，很可以吃一餐晚餐，洗一個澡，早點上床睡覺，尤其是坐了七個半鐘頭的飛機。可是，碰巧你剛好有個朋友在紐約接機，把你一接上汽車，就嚷着啊呀，現在是四點鐘，正好去喝下午茶，接着一連串的節目，把你疲倦得要死。

坐飛機，居然會不見了四小時零四十五分，你來本已經活過了那幾個鐘頭，居然又要再活一次。這一天，倫敦人辛苦死啦，當紐約朋友放你去休息時，他們活得很正常，你呢，如果照倫敦時間算，可能已經是清晨五時了。

像這樣的題材，拍一個電影可有趣了，如果飛機上六點鐘的時候有人偷了一枚大鑽石，結果查不出，因為你把嫌疑犯拉了去，大家都有人證明六點鐘時你身在紐約，又和一群人擠在一起逛街。當然，像這個題材，就必須先強調六點鐘的時間，然後才指出，六點鐘竟會重疊一次，結果把鑽石大盜抓起來。

雨月物語野草莓

有兩個電影值得看，一個叫《雨月物語》，一個叫《野草莓》。它們都不是普通電影院推出的，而是「大影會」和「青影會」自己放映的。

《雨月物語》是日本片，大家如果看過《羅生門》、《赤鬍》而覺得喜歡，那麼，《雨月物語》也會讓你喜歡。這種電影不「深」，一般人也能接受。如果把它當作繪畫來比喻，《雨月物語》屬於具象電影，不是抽象電影。這個電影裏邊有鬼的，很漂亮的女鬼，導演拍得實在傳神，陰氣森森。這個電影有一個大主題，又有很多象徵，即使不看電影語言，看故事，也能叫大家喜歡。《雨月物語》我看過兩次，希望那些喜歡電影的朋友也別錯過，同時，別擔心，這不是一部讓你睡大覺的電影。

《野草莓》比較不同，它比較上是「抽象電影」，要看的人很有耐心，誰要是看《廣島之戀》看得怕了，那麼，可以不必關心《野草莓》，但要是誰很欣賞《廣島之戀》，一定也會欣賞《野草莓》。

英瑪褒曼的作品，你不能對它期望過低，他從來不拍討好觀眾的電影，他要帶你走，你趕不上，那麼算啦，他只好把你扔在背後。

《野草莓》的序場是一幕超現實的夢境，幾年前我看過它，到現在還每一個鏡頭都記得。其實，這電影也不是「深」，尤其是我們對於時空交錯的電影手法又已經習慣了。或者，如果有人想預先多知道一下關於《野草莓》，他們可以去買一本《英瑪褒曼的四個電影劇本》來看看，這本書香港還有，是英文本。

此外，大家要注意一套新的《吸血殭屍》，導演是波蘭斯基。

襪子女子和冬天

大家為甚麼不想想辦法呢？所有的女孩子，大女孩、小女孩、小姐、太太，都應該想想辦法，關於我們的兩條腿，關於冬天。

到了冬天，我們穿好多的衣服，有的是三件毛線衣，一件大短棉襖，還穿一件厚大衣，但是，我們的腿怎麼辦呢？為甚麼明知冷呀冷，卻只能穿來穿去就是一雙絲襪。

穿長長的西裝褲，那當然暖和，但是，大家都公認，西裝褲無論如何不夠斯文。譬如說，你是一位女教師，教的又不是體育，怎能穿一條西裝褲上課室去。

穿厚厚的花襪子，也暖和的，可是，花襪子，大家又都認為是十多歲女孩子的時裝。難道你能穿了一件漂漂亮亮的棉袍，配一雙大花厚襪去喝喜酒。

於是，我們毫無辦法，一到了冬天，只好對着絲襪皺眉頭。婦女會能不能開一些會討論討論一下，冬天的時候，小姐太太應該穿甚麼可以暖和點，又很大方端莊。或者，大家不約而同一起流行穿長到腳面的裙子，這樣，就又暖和又斯文了。

要上學去的女孩子，穿的多半是校服，女孩子的校服不外是整件的裙子和白的短襪子，一到了冬天，穿短襪子可就慘了，腳冷得要命別去說，兩條腿幾乎就像在白灰裏滾過似的，一片灰灰白白，彷彿日久曬壞了的粉牆。我看，一些學校最好規定女孩子到了冬天穿校襪，大家一律穿一種長到膝頭以下的長襪子，就像人家童子軍的一般，這麼一來，既可使女孩子不至於被冷壞，又很好看；不然的話，一個女孩子穿黑長襪上學，另一個又穿阿高高襪上學，學校裏彷彿在開襪子展覽會，一片花花綠綠，並不整齊。如果學校高興，還可以在襪子上繡上校徽，那就和男孩子打了印花校徽的領帶一樣神氣了。

美麗的男孩

美麗的女孩子，我們聽見得多了，像卓姬呀、琴史林頓呀，她們都是第一流的時裝模特兒。但大家聽見過彼得格力哥利嗎？還有尼古拉斯海、謝斯唐、大衛柏拉和占士法都斯亞，聽見過這些陌陌生生的名字嗎？原來他們也是第一流的時裝模特兒，是美麗的男孩。

以前，男孩子當模特兒是不出名的，一方面當然是因為男孩子根本沒有時裝，而且，以前的男孩子，一天到晚想練一副世界先生型的體格，以為斯斯文文、穿漂亮衣服，是女孩子玩的把戲。可是，現在的風氣變了，大家不喜歡坐電單車、穿皮外套，又不喜歡像占士甸一般穿件臭汗衫，於是，男孩子都漂亮起來了。因為男孩子也穿漂亮衣服了，時裝模特兒就也重要起來了。

許多的畫報雜誌上、電視廣告上，都有男孩子當時裝模特兒的圖片和影片，他們大都瘦瘦的，長頭髮，帶點憂鬱的樣子，許多歌星、明星、愛出風頭的男孩子就拿他們的服裝作參考。

別以為當時裝模特兒的男孩子每天就在那裏站呀站的擺姿勢，或者一天到晚照鏡子、梳頭髮，時裝模特兒的男孩並不是要做死板板的窗櫥裏的木偶，而是活活潑潑的。一個時裝明星，也就和一個電影明星一般，要有性格，目前，倫敦的時裝明星比較出名，因為他們的服裝最活潑新鮮。

本來，有很多人看不起時裝男模特兒，覺得他們居然學女孩子，真是沒有男子氣概；後來，大家想想，甚麼李察波頓、阿倫狄龍也和女明星一樣出名，照樣很男子氣概，就不再看不起男時裝模特兒了。

不少的男孩子說：愛美是女孩子的天性，但男孩子也要不例外，不然的話，男孩子的衣服就追不上女孩子的潮流了。

流行的曲

最初，上帝創造天地。

流行曲呢，最初，沒有人創造天地。開始的時候，沒有歌星，沒有歌迷，沒有最受歡迎的二十首歌，也沒收音機、唱片。但流行歌是有的，一首叫做〈綠袖子〉的歌，在亨利第八（就是《日月精忠》的皇帝）那時候，就一直流行着，四百年後，它還在戲劇中常常出現。那是最早的流行曲。

十九世紀末，大家喜歡跳舞音樂，像跳肯肯舞那種。最流行的跳舞音樂當時是〈藍色多瑙河〉。過了一陣，有些女舞孃唱唱歌，這時才有歌星出現。一九一九年，大家又喜歡起爵士樂來，節奏重重的，又自由又強烈，立刻成了流行曲。樂隊最受歡迎。

流行曲歷史上的第一號歌星是冰哥羅士比，他的《白色聖誕》唱片的銷量，到現在仍佔第一名。流行曲歷史上的第二號歌星是法蘭仙納杜拉，但他卻是第一號歌迷偶像，當時女孩子們見了他，瘋狂得和現在的女孩子見了披頭四一般。到了一九四〇年左右，影星的位置比樂隊重要，納京高他們是代表。

後來，就輪到貓王、白潘、奇里夫里察。於是，流行曲歷史上的第三號重要歌星出現了，他們就是披頭四。由於披頭四是屬於一組，所以，此後，樂隊又抬頭了。披頭四以後，就有了現在的各式各樣的歌星和樂隊，有個人的卜狄倫等等，也有一組的「滾石樂隊」等等。流行曲越來越熱鬧，即使「海盜廣播船」的完場多少是個打擊，流行曲仍可發展下去。

為甚麼流行曲會這麼大行其道呢，這當然要謝謝那些收音機、唱機，以及那些時裝，和有頭腦的生意人。還得謝謝一些艱深的現代詩，因為詩太深，愛詩的人都唱歌去了。

銀幕的背面

文藝復興時候的意大利有那麼多的畫家，為甚麼我們偏把米開蘭基羅、連納多和拉飛爾特別選出來，特別佩服他們的呢？同樣的道理，現在的電影是那麼多，為甚麼我們偏要喜歡《春光乍洩》多些，又喜歡《雌雄大盜》多些，難道《日月精忠》就不精彩？

看一個電影，和看一幅畫也有相同的地方，就是，我們除了看正面，還得看背面。坐在電影院裏，我們看到的是已有的，一切都已經構成，但光看這正面是不夠的，我們要去搜索它的背面。像《雌雄大盜》，我們要去知道，為甚麼最終的一場要用慢鏡表現，如果不用慢鏡，效果會不會有變。用了慢鏡，適當嗎。除了慢鏡，還有甚麼別的方法沒有呢。至於那和母親相見的一場，畫面用薄霧景色陪襯，妥不妥，對不對。整個電影的分場次序，一幕一幕的轉入，如此編排，算不算高明，等等。

我們可以用孤立的方法，把一個電影疏離出來，分場分鏡地去研究，去追尋它的構成方法和原因，但同時，我們還得把它放回群體中去。把《雌雄大盜》放回眾多的電影中，我們可以拿它來和其他的電影作一比較，它們彼此之間到底有甚麼不同。於是，我們發現，現在的電影喜歡打打殺殺，像《鐵金剛》、《獨行俠》，一開場打到散場。現在的電影還有一類是鬧劇，喜歡令人嘻嘻哈哈，像《瘋狂世界》、《蘇聯潛艇大鬧美國》，一開場叫你笑到完場。而《雌雄大盜》並不如此，它是兩者之匯合，而這，就是它所以在眾多的電影中風格如此鮮明的緣故。我們所以認為《原野奇俠》、《龍城殲霸戰》可以在電影史中佔一位置，也就是因為在眾多的電影中它們是創新的。荷里活被公認是一家大商場，但仍有出色的電影由那裏誕生，因此，電影作者並非完全是歐洲的天下。

衣着規則

穿衣服當然有很多規則，所以，一個人衣着漂亮不漂亮，或者大方不大方，和衣服貴不貴關係不大，而是看穿的人懂不懂規則。

每個女孩子多多少少都對衣着有所認識，而且各有各的心得，矮人有矮人的心得，胖人有胖人的心得。不過，有時候，有些女孩子對衣着的認識剛好錯了，那就沒有辦法了。譬如說，大家總是以為，穿直條紋的衣服會使一個人看來瘦些，但事實相反，直條紋的衣料從來不會使人瘦，而是使人胖。大家只要對着大建築物的石柱列陣看就明白，它們使建築物宏偉且廣闊。

每到一個時期，服裝會變一變，規則也會跟着來，像現在，又有一堆規則跟着服裝來了。最近潮流的是五顏六色的襪，有黑有白，關於襪子的規則是，襪子的顏色要淺過鞋子，所以，大家絕不能穿一雙黑襪子，配一雙淺色的鞋。

現在還流行一陣子西袴和長度外套的套裝，穿這種衣服的規則是，必須讓它們成為「套」，千萬別分開，別以為穿一件花格子的外套配一條黑裙子會好看，許多書說過，買兩套衣服可以變成四種穿法，那是五年前的時裝觀。套裝的美就因為它是一套的。如果要穿西袴套裝，要用一個長帶子的可以掛在肩上的手袋，而且，最重要的是，不可穿露跟的鞋。外套是應該長的，長得足以遮蓋你的「後面」。

今年流行印花的衣料，又流行花邊垂懸的襯衫，這兩種衣服不可配在一起，因為太過聖誕樹。花邊的襯衫要配純色的裙。斗篷是目下最風行的，但矮小的人別鍾情它，因為它會使你變成一枚草菇。還有，如果不是瘦得像卓姬，還是把腰帶忘得一乾二淨的好，至於穿裙袴式的運動裝，就能夠戴搖搖擺擺的耳環。

達達劇場

有一陣，有一個達達主義，就是把一切都破壞掉。文學啦，繪畫啦，達達都要把它們原來的模樣反轉來。又有一陣，有一個超現實主義，也是想出一些古怪念頭，把文學、繪畫變一個樣子。

在藝術上，達達和超現實，我們碰過好多次面了，超現實，我們尤其碰得多，我們見過一大堆的畫，一架火車從一個壁爐裏開出來，一條冷靜的大街只有一個人影，這些，都是超現實在作怪。詩裏邊的超現實和達達更多，幾乎我們現在寫厭了的那種現代詩就少不了它們，總之，早些日子，它們實在蓬勃。

達達存了七年，超現實活了三十年，着實很熱鬧了一下藝壇，於是，我們就在奇怪，在文學上、美術上，甚至電影上（那些高克多的電影就很超現實），它們都顯過形了，就是，怎麼在劇場上，它們是那麼地靜寂呢？

在劇場上，它們走得極慢，慢得像蝸牛，雖然，當時的那些達達家、超現實家已經努力過了，譬如說，有的劇本的人物居然是嘴、眉毛、耳朵、眼睛、鼻子和頸。但是，在劇場上，達達和超現實實在爬得慢，一直爬到一九五〇年才幸運地碰上一個伊安納斯柯。

伊安納斯柯，我們大家都知道，他是「荒謬劇」的宗師。荒謬劇，就是一般人認為瘋瘋癲癲、悶死人的一種現代戲劇。甚麼好端端的人會變了犀牛，又有兩個傻瓜在等待說着要來而一直沒有來，又好像會來的果多，這些就是荒謬劇。達達劇場、超現實劇場，就滙成了荒謬劇場。

我們也不能罵達達和超現實在劇場上一無影響，老實說，要不是它們那麼一顯，說不定我們就不會有一個伊安納斯柯。而伊安納斯柯，就是把達達和超現實整理了一下，放進了自己的戲劇中的一個本領人。

愛美的祖先們

我們現在一談到要把自己打扮得漂亮，總離不了「化妝」兩個字。甚麼叫做化妝呢？那本來是一個英文字，從 cosmetal 變出來的，羅馬人用它來稱呼他們的室內女奴隸。以前，埃及妖后每次梳頭，就要五個這樣的「化妝人」來侍候她。

説到愛美，人類的祖先才本領大，現在，我們就在努力地向他們看齊。我們現在流行把皮膚塗上油彩，但公元前二千年的人，已經把鬍子染成藍色和綠色。法魯王時代的埃及女孩子更了不起，居然會電髮。她們把小樹枝捲着頭髮，用濕泥蓋着，站在陽光下烘餅似地把泥焙乾。戴假髮的玩意兒，伊莉莎白一世數得上是專家，她一個人有許多假髮，最心愛的一個那是鮮紅色的。在十八世紀的時候，送給漂亮小姐的流行禮物是一個銀老鼠籠，好讓她們用它來捕捉假髮裏的老鼠，因為小姐們的假髮不易梳，要三個月才捨得重整一次。

羅馬人喜歡上浴室去。尼洛的妻子在被放逐的時候還帶了五十頭驢子上路，要不然，她就沒有鮮奶沐浴。薩克遜的基督徒認為一個人外表乾淨並不代表心地善良，於是禁止大家沐浴。這以後，關於沐浴，就沒有大新聞了。到了瑪莉皇后的時代，她大概要和尼洛的妻子比賽，就用法國美酒來沐浴，要是她知道我們現在可以沐泡泡浴，她一定不肯那麼早死。一個人的外和內同樣有乾淨的必要，是維多利亞時代的看法，到那時，沐浴才告解禁。

女孩子化妝，還牽涉到政治哩。以前，在一個大舞會上，女孩子愛用絨剪成一小團一小團，貼在臉上。贊成皇權的，貼在左邊臉上；贊成民權的，貼在右邊；至於不知道贊成哪一邊的，或者不知道為甚麼有人貼左、有人貼右的，就兩邊臉上都貼一團。現在呢，女孩子在臉上貼花和蝴蝶。

鬥氣的眼睛

坐巴士的時候，大家都有這樣的經驗：兩個毫不相干的人居然會用眼睛鬥氣。一些女孩子常常說，那個坐在對面的人好兇，我們不過偶然觸及視線，他竟瞪了我半天。於是，有的女孩子想出了辦法，就是，如果別人瞪着你，你也瞪着他，一直堅持下去，對方一定自動收回視線。

眼睛是最怪的，熟眼睛碰見熟眼睛當然好，大家笑笑，立刻打個招呼，一點毛病也沒有。怪就怪在陌生眼睛偏會碰上陌生眼睛。

女孩子在這種情形之下最尷尬，如果對面是男眼睛，自己真是不知怎麼辦，大家當然並沒有甚麼深仇大恨，又不是吵了嘴的情人，可是，你只好板起臉，很生氣的樣子。因為，難道女孩子在這時候能夠對陌生眼睛笑笑麼。

許多的女孩子總是在碰上陌生眼睛時立刻轉移視線，心裏覺得好怪好怪，但有些女孩子好勝，覺得這實在像自己認輸，又好像是打了敗仗，所以，就想出了「堅持下去」的辦法，要把對方瞪輸。

我不知道在這種情形之下的女孩子如果照照鏡子自己看看會不會嚇一大跳，而兩個陌生人如此「兇」又像不像人家鬥蟋蟀。其實意外的視線碰在一起，大家鳴金收兵算啦，何必打場眼睛仗呢，至於別人故意瞪自己，這種人，還是別去惹的好，早早下巴士，避開是非地。

也就難怪很多人喜歡戴太陽眼鏡了，戴了太陽眼鏡，的確可以減少眼睛碰眼睛，而且，戴了太陽眼鏡，還可以使眼睛多休息，躲在太陽鏡後面睡大覺，神不知鬼不覺，也不會你瞪我、我瞪你。

至於大明星呢，那就千萬別在碰上陌生眼睛時轉移視線，對任何人都笑笑好了，不然，人家就會說你擺架子。

十五和五十

十五歲的人，你說他們年紀大不大？大家總是覺得，十五歲，懂甚麼，年紀太小了。於是，大家都看不起十五歲的人，當他們是小孩子。其實，十五歲實在不算是鼻涕蟲的啦，朱麗葉這小姑娘，也不過是十五歲，你看，世界上千千萬萬的人都知道她。

有的母親，當女兒十四歲，就批准她參加舞會，那就是說，十四歲的女孩子已經是個可以不再整天嚷着媽媽的小姑娘了。

不過，大家看不起十五歲的人，並不重要，因為，過不了幾年，十五歲的人會長大，會變為十八，會變為二十一。那時候，再也沒有人看不起以前是十五歲的他們。可是，五十歲的人，比較倒霉。

當你是十五歲，人家看不起你，你可以一聲不響，過幾年再威風起來也不遲，但是，要是你是五十歲了？人家會在背後說，你老了。這時候，你也只可以一聲不響，但是，你以後並沒有補救的日子，因為，你沒法子越長越年青。

到了五十歲，你就得打算要退休了（啊，有甚麼辦法不呢，又不是人人都是戴高樂）。即使你一點也不老，即使你還可以創一番大事業，即使你認為五十才是人生的開始，但是，人家說，你老了，你要退休了。

能不能這樣子呢，即使是十歲，我們也應該很看得起他們，老實說，十歲的小孩子，也已經讀五年級了，他們可會背好多的詩、畫很好的畫。再說，大家且看看六年級會考的小朋友，你能說他們不懂事？

五十歲退休，那不很公平吧，人們其實可以六十歲退休的，說畢加索吧，他八十多啦，要是他五十多就不再畫畫，藝壇的損失有多大，真不知該怎麼計算了。

學校以後

從學校裏跑出來的人，只要做了一兩年事，賺了一兩年錢，就會十分後悔，後悔自己以前在學校裏居然沒好好地拚命的用功。

讀書的時候，自己原來是很笨的，以為書是讀來給爸爸媽媽的，功課是做來交給老師的，又覺得，讀書真辛苦，賺錢才快樂，誰知道，中學中所學的，幾乎就是自己將來一生所依賴的本錢。

多半人離開了學校，為了生活，為了別的，就不再讀書了，也許是時間沒有了，興趣沒有了，恆心不存在了，於是，四十歲時的所知所識，其實和二十歲時已知已識的相等，最多是得了二十年的人生經驗。

背書嗎？祖父就常常說，我現在背得出的那些唐詩宋詞和古文，都是十多歲時背熟的，那也就是說，幸虧十多歲時讀了它們，要不然，現在背不出。

那些做哥哥姊姊的，讀書時的成績並不壞，但離開了學校不過幾年，連弟弟的初中三的代數也算不出來了。他們總是説，忘了忘了，全還給老師了。

我覺得，離開學校以後，不再繼續自修自修，實在是太可惜了，有人窮畢生的時間去做學問的功夫，普通人即使中學畢業，所知的還是太少啊。至於把已知的全還給了老師，那就更可惜，好像是把珍貴的水全在沙漠裏倒掉。

在學校裏邊，每個人所學的科目太多，當然不能在離校後把每一條公式、每一條定理記牢，所以，把不重要的忘掉絕沒有甚麼不妥，只是，如果全部還給老師，就不怎麼好。

很少人會傻到離開學校十年後還找一題算術做做，但多半人卻仍會看看小説、讀讀詩詞。一個人如果明知自己讀書時代忽略過知識的重要，離開了學校，實在應該加倍努力才是。

圈內人

現在的一些人，最流行做「圈內人」。因為，如果做不上「圈內人」就好像不夠氣派，又好像不夠潮流似的。譬如說，你的朋友們都和流行歌手們很熟，大家常常碰面，於是，你也去擠在那群人裏，去做一個「圈內人」，否則你就變了門外漢。做「圈內人」的風氣，真是越來越盛了，於是，大家都忙着參加這一群人的玩意，又參加那一群人的電影會，總之是，「我也是一分子」，不想給扔在門外。

於是，「圈內人」就好像越來越多，像三藩市的喜彼士，有人以為他們竟有十萬八萬，其實，還不是來來去去幾百人，週末的那些人不外是在那裏湊熱鬧。即使是很前衛的「圈內人」，也實在不是一大堆人，數起來並不多。這些人也並非一天到晚獃在一起，整天在那裝「圈內」，實際上他們各有各做事，只偶然碰在一起罷了。不過，「圈內人」彼此的牽連很廣倒是真的。

舉一個例子來說吧。米高堅，他和泰倫斯史坦合住一層樓。泰的女朋友是時裝模特兒史林頓，史有一個好朋友，叫做大衛比利，他現在是影星嘉芙蓮丹妮華的丈夫。嘉芙蓮以前和羅渣華丁同居，羅渣的現任太太是珍芳達，以前的太太是碧姬芭鐸。史林頓的妹妹呢，她的一個朋友是歌星史提夫馬里奧特，又有一個朋友是滾石樂隊的米克。滾石樂隊是披頭四的好朋友，披頭四又是影星占士霍士的好朋友。占士又是英國男模特兒之一。

所謂「圈內人」，其實並沒有大堆人，不外是來來去去那幾個，就像一個人參加了電影會，認識了一些人。電影會的人有的參加讀書會，讀書會的人有的參加了畫會，畫會的人有的參加了劇團，劇團有人和樂隊的人很熟，樂隊的人剛好有的又參加電影會。於是，「圈內人」就是那麼的一撮人而已。

波蘭斯基之眼色

殭屍，許多人拍過，正如大盜，也有許多人拍過。可是，《雌雄大盜》就是和別的大盜片不同，而《天師捉妖》也和別的吸血殭屍片不同。一開場就已經不一樣。

波蘭斯基這個人，真嚇我們一驚，看《天師捉妖》，叫你越看越驚的倒不是那些殭屍，而是波蘭斯基。這個電影由他自己寫故事，自己導演，自己當男主角，這樣的人，着實厲害。今年，他還才不過三十四歲。

波蘭斯基的電影，我看過三部，現在是第四部，而他，一共也只得四部長電影，其他另外有四部短片，這個人一出手就本領很高，而且，他有他的一套。

同樣是一些吸血殭屍、一些古堡、一些蝙蝠、一些桃木劍、一些犧牲品，但到了波蘭斯基手上，就不再是一個普通的故事。他並不描述人們如何戰勝了魔王而沾沾自喜的一副英雄模樣。誰要是看過《第七封印》，就會知道這兩個電影頗有相同處，誰要是讀過《黑死病》，也可以從蝙蝠之大翼下見到波蘭斯基之眼色，一如從《鼠疫》中見到加繆。起初，是一個普普通通的故事，居然也和《雌雄大盜》一般叫大家嘻嘻哈哈，而且，這片還把很傳統的殭屍味道貫徹全片，但結果，很強有力地，不過是幾個鏡頭，忽然大家就知道，這原來不是一個尋常的電影。

我們可以稱這電影是繪畫性電影而非雕塑性電影，因為整個電影的物象都溶入畫面，與背景共存，從來不想飛躍出來。波蘭斯基的人物造型每一個都十分鮮明，且看他如何用雪花、紅鼻子描寫冬天，如何分配生物和死物之間的色調。我們最能從開場的雪地馬車及戶內浸腳的兩場看出波蘭斯基的運鏡是如何瀟灑，那麼短而迅速的割接，那麼些的近鏡和特寫，真是生氣勃勃。後來，在古堡中，他就用冗長的遠景和慢搖來營造氣氛了。

我們不抽煙

廣告大家見得多了，尤其是香煙廣告，簡直無孔不入。但你見過有一則廣告，是叫你別抽煙的麼？現在的許多給青年人的畫報雜誌裏，就常常在登一幅大廣告，叫大家別抽煙。這廣告，是我所見到的廣告中最可愛的一張。

「不抽煙」廣告有整本畫報那麼大的篇幅，而且畫面次次變，但中心人物總是五六個青年人，每人穿了一件T恤，衣服的正面背面都印了三個大英文字：我們．不．抽煙。

這群人有時在音樂廳裏聽音樂，台上有人彈結他。這群人有時在一隻遊艇上唱歌，有時出現在凱旋門下坐了車子到處逛。每一次，在每一幅畫面的下面，都有一些字解釋一番，字說：如果你不抽煙，你有更多的錢享受樂趣。於是，字又說：一天抽十支煙，一年花掉三十鎊；一天抽十五支煙，一年花掉四十五鎊；一天抽二十支煙，一年花掉六十鎊。結論的一句話是：所以，為甚麼要冒健康之險去抽煙呢。

想想，就對了，抽煙本來沒甚麼好處，何必抽呢。有些人，抽煙早已成了習慣了，像我們爸爸的那種人，每天抽兩包煙，呼啦呼啦的，一天就抽掉了幾塊錢，一年就抽掉了幾百。大人抽煙，因為他們有時實在無聊，或者想東西時實在傷腦筋，或者就是交際應酬時成了習慣，但青年人也抽煙，那是幹甚麼呢。

一年抽掉幾百塊錢，真不值了，女孩子，何不剩下幾百塊去買一件漂漂亮亮的大衣，男孩子，何不剩下幾百塊錢去縫一套好看的西裝。如果不愛穿漂亮衣服，那麼用場可多啦，幾百塊錢，足夠你學一整年的法文日文，還可以買許多新書本，甚至夠你買一個第一流的木結他。要是幾年不抽煙，大家甚至可到台灣或日本玩一個轉回來。

名字又名字

可喜歡安東尼柏堅斯？那麼，改一個名字叫安東尼好了。這個名字很古老，從拉丁文變來。羅馬時候就有人叫安東尼了，像凱撒的朋友，後來娶了埃及妖后的就是其中一個。安東尼的意思是：值得稱讚的、無價的。我們現在用英文拼的安東尼是文藝復興時候開始的，那時候，大家把希臘字 anthos 和它混在一起，其實希臘字的意思是「花」，和無價的、值得稱讚的毫不相干。不過，既然現在花那麼流行，叫安東尼也就適合不過。東尼是這個名字的親密的稱呼。

誰喜歡做「花童」可以叫安東尼。但是，如果誰喜歡做藝術家，該叫甚麼呢？最好是叫阿瑟，因為阿瑟的英文名字的最初三個字母就是 art。叫做阿瑟的人極多，最出名的就是圓桌武士的阿瑟王。這個名字的意思是「英雄」，有趣的是：它的意思又同時是「狗熊」。如果我是王羽，一定改這個名字，因為這次真的是阿瑟王了，而且，如果將來拍戲不演英雄的話，可以演狗熊。

很多人叫做大衛，那本來是希伯來文變出來的，意思是「耶和華所喜愛的」，第一個叫做大衛的人，就是聖經裏面大敗了巨人而成為國王的大衛。勞倫斯這個作家也叫大衛。以色列的國徽是兩個三角形組成的六角形，這個形狀被稱為「大衛之星」。

有一個漫畫主角，叫做丹尼斯，是個頑皮蟲。丹尼斯本來是法文名字，從希臘酒神的名字變來。希臘酒神倒真的是一位頑皮神，一天到晚跳舞喝酒。誰要是不乖，該取個名字叫丹尼斯。說起漫畫，我倒希望大家去買本《丹尼斯》來看看，這集漫畫總是有爸爸媽媽、七八歲的丹尼斯和一頭全身毛的大肥狗，而丹尼斯呢，他就一天到晚喜歡闖禍。

昨日今日明日

昨日。瑪莉鄺打倒了套裝，推行短裙。約翰史提反在加納比街開男孩子服裝店。從此女孩子可以借男孩子的衣服穿。披頭四把自己創造出來。倫敦學巴黎那樣開了幾間流行音樂酒坊。占士邦電影面世。琴史林頓是時裝界的寵兒。維達薩遜設計了不彎曲的髮型，流行《查泰萊夫人的情人》這本書。古典作品的書封面起了革命，一本《苦海孤雛》的封面的標題語竟是：他要更多，他的慾望從不曾被滿足。華荷用金寶罐頭湯的罐頭入畫，耶斯柏莊斯則用美國國旗，據説是用不着花心血設計。藥丸風行，性是談話的好題材。殘酷劇場使人耳目一新。

今日。瑪莉鄺做了OBE。史提反擁有半條加納比街，成為男孩子服飾的領袖。披頭四變了風格，喜彼士的歌入侵倫敦。卓姬作了時裝的先鋒。薩遜帶來了希臘式短髮型。化妝流行「不化妝似的化妝」。音樂歌舞電影大行其道，展覽會上出現擴張電影。大家贊同新的道德水準。《優力息斯》又被人發掘出來讀；艾略特、戴倫湯瑪士的作品不再暢銷，他們已死，又沒有人替代空缺。倫敦的畫壇一片空白，展覽的都是人家的畫。

明日。衣服會受流行音樂的影響，越來越趣怪，而且會廉價得穿一次就可以扔掉，所以，紙衣服會有一點勢頭。但瑪莉鄺的丈夫説：五年內的服裝不會有大變。流行音樂酒坊會變得高貴一點，不再那麼破爛相。薩遜説：髮型會彎曲兼垂直相輔而行。化妝會是濃妝的面貌，顏色會深。繪畫方面，現實主義會回來。電影中仍會有英雄，不是間諜牛仔就是太空飛人。電視上會有更多的紀錄片，因為人們喜歡知道「世界日常生活」。劇場上會有故事劇，但技巧和以前的不再相同。但最新的面貌誰也不知道，因為明天之後還有後天。

致父母們

人們當然應該戀愛，人們當然應該結婚，人們當然應該生一些孩子。可是，人們如果有腦，就看在上帝的份上，別生那麼多孩子。除非你有好多錢，不怕自己的孩子們將來沒飯吃，或者進不了大學，否則，孩子就是不應該要那麼多。

只有兩個孩子，做父母的擔子輕得多，而且，這兩個孩子幸福極了，不管讀書的事，家庭的溫暖，都不會怎麼缺乏。要是孩子一多，做父母的擔子可重了，顧得這個的教育費，顧不得那個的醫藥費，顧得這個的服裝費，又顧不得那個的膳費。於是，擔子重得把父母自己壓扁。

孩子多，父母辛苦，父母沒話說，因為孩子是自己的，養育孩子是自己的責任，歎氣也歎不了那麼多。但這還不算是一件悲慘的事，悲慘的事不久就來了。忽然，那個年老的父親死了。這時候，一家人靠誰呢？母親不會賺錢，孩子裏邊有一半還在那裏讀書，這一來，重擔子開始壓那些大哥哥、大姊姊。這些大哥哥大姊姊，本來想去讀多幾年書，或者本來有很大的抱負，但現在不行，現在要養活一家人，供弟弟妹妹讀書，讓母親活得快快樂樂。

如果碰上大哥哥剛結識了一個女朋友打算結婚，現在怎辦呢，只好先養活弟妹們再說。如果碰上大姊姊沒法子賺錢，說不定只好照母親的意思，嫁給一個又老又醜自己一點也不喜歡的但卻有錢的陌生人，也許，不這樣，只好去當當舞女，甚至做妓女也不希奇。

做父母的沒有不愛自己的子女的，但如果他們能有腦，就該知道他們的孩子將來會怎樣，他們的「遺產」，有時候可能是數千數百萬的錢財，也可能就是那一副他們自己也挑得辛苦死了的擔子。

父母啊，我們的命運是操在你們的手中。

小孩子是小孩子

救救孩子，許多人嚷了許多年。於是大家說，讓孩子們有機會讀書，建多些學校；讓孩子們有娛樂場所，建多些公園。這些大家都做了，而且做得很努力。可是，在另一方面，大家又不知不覺地一點也沒顧到孩子的處境。

小孩子當然應該天真活潑，跑跑跳跳。古時候，十五十六歲的人要死背古文，學六十七十歲的人一樣大人氣，我們已經覺得不適合，現在，我們當然不希望七十歲的小孩子扮二十多歲的人的角色。但是，偏有人要他們那麼辦。真叫人不開心。小孩子是小孩子，沒理由要他們扮大人。

一些十歲八歲的小孩子，居然當起時裝模特兒來了，如果他們在草地上跑跑，穿上全副運動裝，活活潑潑的，那倒無所謂，偏巧是沒有人要他們把本來的面目給大家看，而要他們學會一種大人的表情和成年人的姿態。

一個小孩子，滿臉塗了化妝品，埃及妖后一般臉上又青又綠，穿上了一件服裝店宣傳的商品（其實也不見得怎新穎巧妙），於是走到一大堆人的面前來，轉一個圈，叉着手，擺了一陣姿勢。那邊有兩個攝影記者正按着照相機的快門麼，好極了，他們就朝那個方向側着頭，來一個微笑，並且立刻又換過一個姿勢。不過是一個小孩子，就學成這樣了，你說可怕不可怕。

有的人也許會說，啊呀，好聰明呀。或者小孩子的爸爸媽媽們還很開心，以為自己的兒子女兒多麼能幹、多麼夠風頭。其實，要是替那些小孩子想想，叫他們去表演時裝，簡直是把他們害了。

小孩子喜歡扮演角色，那麼讓他們在學校裏扮小白兔小鴨子，或者演演《羅賓漢》、《皇帝的新衣》這一類。對於小孩子來說，要他們多學才是，要他們多表演會使他們自以為很了不起，又看不起其他的小朋友和同學。

拜年辛苦事

我看，只有那些十歲八歲的小孩子才喜歡過年，過了十歲八歲，過年實在是一件辛苦事。譬如說，我們這些做人家姪子姪女、外甥女的，過年簡直有點像受罪。大家早知道，上一代和下一代的看法，總多少有點出入，到了過年，這一堆人就會碰在一起了的。我們叔叔伯伯見到了我們一些女孩子裙子又短，襪子又花，頭髮不是長到肩上就是短得光頭一般，就千萬個不高興，或者是見到我們一些男孩子居然穿花襯衫，額前垂一束留海，當然要皺眉頭。而我們呢，和他們又沒甚麼好談。

有人以為你們這些小孩子過年還不快樂，又有得吃，又有得花，只收進利是，不用出半個錢。唉，到這種時候，真是「物質不如精神」的重要了，我們雖然可以多一些零用錢，但卻不一定開心。

家裏的親戚朋友那麼多，一大堆人一起去拜年，非拜三天五天拜不完，有的家庭就派「大使」出去，如果家裏有大哥哥和大姊姊，就派他們做代表，每人拜幾處。拜年的滋味，大家也嚐過的。車又擠，人又多，這還不算，你送一籃水果來，我送幾盒糖果去，和當苦力差不多。

學校當然放了假，最多是十天，這十天，就會像做夢一般，見了一個臉又一個臉，去了一個地方又一個地方。你想偷空看看書，媽媽一定說，唔，過年不可以拿書出來。你想去旅行，又不成，因為過年，大家都要在家裏多歇歇，等客人來好招呼招呼。

拜年本來是件興高采烈的事，但是「疲勞轟炸」真夠受，最好呢，還是團拜了，親戚朋友大家到茶樓酒樓見見面，吃一頓，就拜了年，豈不好。或者在一個人家裏一起團拜，既節省時間，又有益身體，長長的假期，自己還可利用，不至於全部拜掉。

請勿餵飼

動物園的管理人最怕甚麼呢?他們不怕兇獅子惡老虎,只怕那些好心腸的遊客,因為遊客們以為動物大概是在鬧饑荒,十天八天沒東西吃了,所以,總是以慈善家的態度帶了一大包食物去餵飼,原來動物也和人一樣,多吃東西會胃病,又會吃壞,要是金魚多吃一些沙蟲,那麼就會提早上天堂。所以,動物園裏,到處都掛着一個牌,叫大家別給東西動物吃,尤其是香口膠,連最聰明的猴子也不可以試試。

對於「請勿餵飼」動物,許多人都十分明白,於是,大家就不再虐待動物了,可是,人們知道善待動物,卻忘記了善待小孩子。我們不能怪那些好心腸的主婦和鄰居,他們見到小孩子很高興,就請他們吃糖吃餅,因為他們的確是忘記了,小孩子也是「請勿餵飼」的一種動物。

有一個母親,她最怕人家給東西她的孩子吃,想來想去沒有好辦法,就乾脆寫一個「請勿餵飼」的牌，掛在孩子身上，果然，這麼一來，就沒有人要小孩子吃這吃那了。

現在，農曆新年來了，這一次，小孩子的胃大概要受受罪，糖果瓜子花生甜冬瓜甜藕，全部是清一色的零食，做母親的該怎麼辦？難道替每一個孩子掛一個「請勿餵飼」。小一些的小孩子，有母親跟在身邊，那會好一點，大一點的孩子自己有手有腳，到處跑，吃了多少糖，真是天知道。辦法大概得這樣，要用交換的方法把糖換回來，誰得到了一粒糖，可以回家換一封利是，然後，預備一個大胖豬錢罐，鼓勵小孩子儲蓄，把利是餵肥豬。當然，做母親的又要聰明啦，一定要查明糖果的來源，不然的話，可能家裏的糖罐半點鐘就宣告破產，客人家裏的糖也都會不翼而飛。

三分之二時間

到了我們七十歲（好淒涼的念頭啊），我們就有二十三年在床上過掉了。我們可能不一定在床上睡掉二十三年，但是，總之我們躺在床上，就把二十三年躺掉了。譬如說，早上的時候，我們本來八點鐘就醒了，而且可以起來做做早操，煮一份好吃的早餐給自己或大家吃吃，但是，我們偏愛懶惰，躲在暖被窩裏不肯起來。或者，到了晚上，我們本來十點鐘才睡的，只是因為天氣冷冷的，八點鐘就躲在床上看小說，到半夜還不肯睡。

既然人生有三分一要在床上過，我們還是好好地利用我們的床吧，尤其是香港的地方是那麼小，一間房間裏放下了一張床，剩下的地方連腳也沒處放。對於女孩子來說，何不在床上做體操呢，直挺挺地躺在床上，然後彎腰坐起來。這樣做五六次的話，會使自己瘦呀瘦。

床是要來給你睡的，把它佈置得乾乾淨淨是第一號條件，把它佈置得漂漂亮亮是第二號。為甚麼一定要鋪白床單呀，我們的睡床又不是醫院裏的病榻，所以，還是學碧姬芭鐸，她喜歡印上花朵的床單，配上花朵的枕頭套。至於女孩子的睡衣也簡單不過，一個多餘的枕頭套，剪幾個洞，把頭和手露出來就行了，最近，三藩市一些大學生在宿舍裏就發明了這種新式睡衣。

睡不着的話，還是不要數羊的好，該起來喝一杯蜜糖或者熱牛奶。早上甚麼時候醒，自己可以訓練自己，如果想早上七點鐘醒，晚上臨睡前把頭碰枕頭七下，集中精神對自己說，七點啊。然後，開開心心地去睡。如果訓練不成功，只好用老辦法，找一隻會吵的鬧鐘。

學校要考試了，那麼躲在床上讀書是不錯的。在床上，大家還可以打毛線、修指甲、玩撲克、猜謎、聽唱片，要注意的是，不要匆匆爬起來聽電話，要是着了涼，也不好玩。

年是一隻獸

過年啦，很好很好。總之，過年就是很好很好就是。看故事書，很大很大的人還喜歡看童話的，譬如是，安徒生那些《人魚公主》、《皇帝的新衣》，喜歡的人實在多，而那些呢，是童話。看電影呢，也有些很大很大的人還是喜歡看卡通，和路迪士尼的是卡通，波蘭斯基的《天師捉妖》也是卡通。那些喜歡文學的人，更不用說啦，把一本希臘神話寶貝得不得了，時不時就會說，孔雀有一千隻眼睛。連加繆也還要把薛西佛斯找出來。

人們實在是喜歡故事裏邊的世界的，因為那些世界就是我們睜着眼睛想的夢，於是，大家每年就特別找一些日子，好叫各人活一陣在故事裏邊。這麼着，我們就過年了。人家說，年是一隻怪獸，又講了很多傳說，這麼着，我們就過年了。

一年裏邊，我們有很多日子，每天上學呀、上工呀、做功課、考試呀，一點也沒有故事的世界可以給我們跑進去，即使有，也是一個人的故事世界。譬如說，忽然地，你就在戀愛了，你就做夢一般了，但，這可是你一個人跑進故事世界去，大家還不是照樣上學呀、上工呀。不過，過年就不同了，大家都一起像做夢一般，好像世界上忽然有了一個快活國，好像是，從前，有一群人，每到一年的最初幾天，就忙忙碌碌，但卻人人笑嘻嘻，不用做工而有很多東西吃，有很多朋友聚在一起，有很多新衣服穿，沒有一個人不笑呀笑。你說，這是不是一個好美麗的童話世界呢？

因為過年，大家就可以跑進童話世界裏邊去了，而且是一大群人，不是一個兩個，你擦擦眼睛，事情是真的。你也許說，這不過是個童話呀。是呀是呀，所以我們要特別快活，因為童話世界並不多，能活在裏邊又極難得。

紅紅綠綠好過年

穿一件紅衣服嘛。過年總是這個樣子的，一個人，穿上紅衣服就喜氣洋洋了，如果你做新娘子，你穿紅衣服，如果你碰上新年，你穿紅衣服。

於是，又有一點小事情要注意一下啦，你可以紅鞋子、紅蝴蝶、紅大衣，可就千萬別紅着臉、紅着手、紅着眼睛。

過新年，大家要見許多人，那麼大大方方好啦，用不着躲在一個角落裏，也不用紅着臉怕羞，女孩子太過怕羞，別人就麻煩了，叫人家怎樣招呼你才好呢。

手是應該白的，不要像腳一樣，生滿了「蘿蔔」，又紅又腫，那不會好看。除夕的那幾天，大家忙着打掃地方，手會髒，那麼，記得把手洗乾淨，多擦一點潤膚膏，如果還不滿意，就要把手插在加了檸檬汁的麥片裏搓，十分鐘後手就又白又乾淨。

腿也不要忘記照顧，家裏有暖爐的話，不要光着腳，或者只穿了一雙絲襪就在爐旁，那會使腳和腿生氣。你喜歡在坐的時候交叉着腿的話，快些別那樣，因為你會把一部分的血管壓得不開心，以致使皮膚忽然紅了一塊，起碼要幾十分鐘才褪去。

最重要的就是別紅着眼睛。新年是個大節日，如果你一早起來照照鏡子，眼睛紅了，怎麼辦？如果真是那麼糟，只好戴一副淺色的室內太陽鏡，當然，最好還是事先預防預防。年晚的時候，讓眼睛多休息，晚上早點睡，必要時，買一瓶眼藥水滴滴，很好吃的油角煎堆，看了就眼紅，但還是不要吃，不然，眼睛真的也會紅。

天氣忽冷忽熱，穿衣服又很重要，不要為了漂亮的緣故而不肯穿多一些，如果因此而傷風，那麼，你就會有一個紅鼻子過年了。

拉鍊故事

那是一八九一年的事，拉鍊降生在美國。一個叫做朱遜的人發明它，當時，大家稱它為「安全縫合物」。但是，朱遜沒賺很多錢，賺錢的卻是一位瑞士設計家。後來，拉鍊的新聞就變了舊聞。

直到一九三八年，拉鍊又變了新聞「事」物，巴黎有位太太，穿了件大拉鍊裝，她那件衣服，是件長到腳背的裙，而那條拉鍊，就由頸一直拉到裙腳。於是婦女界吃了一大驚，紛紛搖頭，還有人舉了標語牌，說這位夫人太前衛。

一九五七年，隱藏式拉鍊面世，大家都很高興。到了最近，新潮派服裝設計家瑪莉鄺第一個起用拉鍊設計服裝，當她上皇宮去接受女皇頒發一個OBE給她時，她穿的就是一件拉鍊裝，領口一條，一邊袖口又一條。在衣服上裝一條拉鍊，那是一件容易事，記得先把拉鍊拉上了縫就行。用手縫是最聰明的，除非，你是縫衣車專家。裝那些露在當眼地方的拉鍊，就得先用大頭針把它釘好，然後就和縫衣腳、褶邊一般辦，線步越逼近鍊齒就越行。那種要躲起來、不給人見到的拉鍊，縫起來就要顧到布邊能否把它蓋住。而且，拉鍊是應該反轉好的釘好，然後用手縫。

為甚麼拉鍊那麼風行呢，據說，因為現在是太空時代，拉鍊又有點噴射機的氣質。一般的拉鍊多半是直直的，可是，今年的拉鍊，花色多極了，有的並不直，而是斜的，有的成Z形，有的成S形，而且，因為拉鍊亮晶晶，有的衣服因此特別沿着拉鍊鑲上一粒粒亮晶晶的銅鈕。

除了衣服、大衣小衣、長外套短外套外，拉鍊還長到了手襪上，也長在鞋面上、靴子上。有人希望醫學界發明一些人體拉鍊，那麼，常常要開刀的人就不必皺眉頭了。

幸運數字

每個人都有自己的幸運數字，碰上它，你會幸運。怎樣知道甚麼是你的幸運數字呢？要這樣算。用一張紙，橫着由一寫到九。然後在下面由A輪次序一起寫到Z。這是一份對數表。第一行一到九，以下三行是A到I、J到R、S到Z。

你的英文名字叫甚麼呢？假如是Percy，那麼到表中查出數目來，那五個字母的數目是七五九三七。現在把它們加起來，答案是卅一。再把三加一。得四好了，四就是你的幸運數字。在星宿上來說，四是屬於天王星的，代表顏色的綠，代表誠懇。

凡是和四有關的都和這數字起作用，像一年有春夏秋冬，方向有東南西北，物質有水火土空氣。

男孩子的幸運數字是四的話，那麼，他是很穩定的人，肯苦幹，願意慢慢爬到目標，而終於會到。

這種人對人很友善，以為世界上的人個個都是好人，結果發現有的人剛好相反。他們是自制力強的人，有時不免要求過高。對於這種人，你根本不知道他在想甚麼，不過，用不着問。問也沒有用，他高興的時候，自然會告訴你。他會喜歡抽煙斗，將來還會喜歡種花。因為四隻腳的不管桌子椅子，都會穩，這種人也是，而且，他不管甚麼季節都能挨過，他會有錢，因為有水，但不多，因為沒有「金」。他喜歡自由自在，因為空氣是四物質之一，火是指他的個性暴躁、性情偏激，至於土，這種人愛到處跑。凡是四個人一起玩的遊戲如打撲克，他都會贏，賽馬就不了，因為馬是六匹的。

女孩子並沒有甚麼大分別，她們是內向的，她們很有藝術天賦，但從來不會成為藝術家。怕羞使她們不會有很多朋友，但你有甚麼困難時，她總是第一個在你身邊的。可以成為很好的妻子和母親的就是她們了。

你妳他她

有沒有人把「我你他」這三個字放在眼睛前面看呀看呢？我是看許多日子了。我翻了一大堆書本，不管中呀、英呀、法呀（不是看，是翻），覺得「我你他」這三個字真是怪了。

先說那個他。英文裏邊有男他女他，法文裏邊也是分男他女他，於是我們的中文，也就自自然然地有了男的他和女的她。對於寫小說，那當然很方便，我們碰上對話時，就可以省去許多名字，可以寫：天氣很好啊，他說。是呀，天氣好呀，她說。這樣大家就明白那是一個男一個女在談話。

再說那個你。英文和法文裏邊，你只有一個字，不分男女，可是，到了中文，就了不起了，你字有男你，也有了女的妳。寫小說時又可以多利用了，譬如說：你好。妳好。那麼的四個字，就知道是一個男一個女在說話。不必說：家明說、阿恕說之類。

最怪的大概就是一個我字了。英文法文裏邊，我字和你字一樣，不分男我女我，而中文呢，也竟然沒有。既然你字可以是你又是妳，為甚麼我字不可以是俄又是娥呢？

我說，最好就是把我字變成男的俄女的娥，這樣，寫小說又會很有趣。像《男歡女愛》那種故事，時空倒亂，主角們又愛獨白，那麼把我字分男女就不會把讀者混到頭昏。

譬如說：俄想，她在家裏做甚麼呢。娥是那麼地想念他。

像這樣子，豈不趣怪。

其實，我最討厭的字就是她字和妳字，他和你有甚麼不好，人就是人。古時候的爾、汝、吾、彼，就神氣得多。

最好是大家不要用她和妳，如果要用，那麼為甚麼又不用俄和娥呢？

總之很怪就是了。

時裝測驗

女孩子，我要給你一個時裝測驗，看你的時裝眼行不行。男孩子呢，也該注意，不然，你怎麼知道你的女朋友衣着第一流還是第九流。

問題一，你會穿了睡衣上舞會去麼？答案有三個，不會，一定不會。嗯，說不定呀。無需考慮，穿。

應該是，你可以穿睡衣上舞會，因為這正是把漂亮的睡衣當作晚裝的時候，它們實在太相似了，重要的是，你得穿你的底裙。

問題二，關於你的絲巾的用法。把它包着頭，像個鄉下姑娘。把它圍着頸，學牛仔。像牙痛般包着下巴耳朵，在頭頂戴一頂帽子。束在馬尾上。

應該是當作你牙痛，包着下巴耳朵，再在頭上戴一頂直邊帽才對。束在馬尾上的絲巾如果和衣服不配色，得零分。鄉下姑娘式的包法，在下巴綁個結，落伍極了，這種方法，只有一個場合不得已而用用，就是，天忽然下大雨了。

問題三，你想做這些事。你想買，一雙細高跟的鞋子。再買一條旗袍裙。然後去梳一個大頭裝。

關於這三樣，沒有一樣對，全部錯清。快放棄念頭。

問題四：你覺得這些會女性化嗎？打一條男孩子的領帶。戴男孩子式手錶。穿前面拉鍊的長袴。

關於這三樣，全對。而且是女性化的。

問題五，你的髮型了。梳一個綿羊般的短髮型。梳中等長度的髮型。梳長的直髮型，晚上把頭髮捲成一條條圈圈。

最時髦的是綿羊毛曲髮，另一方向的時髦是長頭髮打圈圈，這正是髮型的兩個潮流極端，一個偏東一個偏西，至於中等長度的髮型，不東不西落伍了。

六七年回顧篇

甚麼甚麼之最，那是每年都有的，六七當然不例外。去年是喜彼的一年。起初的時候，世界上根本沒有喜彼士，到了夏天，忽然就變了花花的伊甸了。去年最出名的人，當然是阿倫金斯堡，他是喜彼的領袖。

去年的唱片，是《軍曹彼柏的寂寞之心俱樂部樂隊》，那是狂人的長壽唱片。去年的城市，當然是三藩市。鎮呢，要數新澤西的格拉斯寶路，因為它位於聯合國與華盛頓的中間，於是，被闢為柯西金和詹遜的會談地點。

最殘忍的大損失可不是失掉一艘「瑪莉皇后號」，而是海盜廣播船「倫敦號」被封，因為歌迷又只好聽註冊電台的節目。演得太過分的男明星是彼得斯拉、朗奴列根。

暴露得太過分的女明星是茱莉姬絲蒂和雲妮莎列葛里芙。連載得太過長篇的是《總統之死》、《致一個朋友的廿封信》和《我的丈夫，間諜》。去年的展覽之最是畢加索在泰特畫廊舉行的「雕塑」展。最失敗的是美國在越南之政策。去年藉口之最是蘇彝士運河之封閉和船塢大罷工。

神秘之最有三，第一是中國怎麼了。第二是在英國上空飛過的究竟是不是飛碟。第三是為甚麼大家要堅持企圖加入共同市場。關於結婚之最，是亨利米勒，七十五歲，他的日本太太才廿一。散伙之最是法蘭仙納杜拉和米亞花露。浪漫史之最是積姬甘納第和夏里治。

最沒意思的句子是「擺蕩的倫敦」。最可愛的鈕扣是「神活着」。還有，去年的病菌，被選中的是《雌雄大盜》的主角邦妮和克拉。

誰選了那麼多的之最呢？是一個叫做艾堅阿倫的人，他在一本《女皇》上登了一大堆，他選了許多，最樂觀的傢伙啦，大壞蛋啦，等等，可惜，寫不下了。

二月備忘錄

記得二月十四日，星期三，那天是情人節。用不着寄情人卡給你的男朋友，應該是他寄給你。但你也可以去買些情人卡回來的，寄一張給祖母怎麼樣，新年裏她不是送了一件大毛線衫給你麼。

情人節那天，沒有人寄卡給你麼，那好極，從這天起，你又自由又自在，可以交結別的男朋友了。有一件事情可以趁今天做，把以前男朋友送給你的信和相片燒掉，全部燒掉，第一，你再也用不着看見到它們；其次，好馬不吃回頭草。

二月十一日，星期日。又是一個甚麼大日子呢？那天是瑪莉鄺生日。我們不認識她，她也不認識我們。不過，我們何不找一群女孩子在一起玩，順便為她乾一杯（牛奶或番茄汁或檸檬水）呢。她發明了迷你裙，又把很難看的套裝打倒了，讓全世界的女子都活潑起來。關於瑪莉鄺，店裏有很多她的出品，高興的話，可以去買一件來紀念她。日間香水晚間香水，女童軍般的帽，長靴，一大卷的眼睫毛。她的商標是朵雛菊。

二月九日，星期五，是喜歡狗的人可以知道一下的日子。倫敦正在舉行一連兩天的狗展，報紙上會把那些狗的樣子刊在報上，大家可以把倫敦的報紙找來，剪下圖片留着看。

二月十二日，林肯生日。二月廿二日，華盛頓生日。買兩張有他們的相片印着的鈔票，儲蓄起來。至於二月二十八日，是Ash Wednesday。這天，大家可以去找一本艾略特的詩集來看看，他有一首詩就以那天為題目，從那首詩開始，該看艾略特的〈空洞的人〉了。

喜歡插花的，該插紫羅蘭，二月是它們的，紫色的寶石是二月的顏色。我們在香港，到花園去看看紫荊吧。

沒有這回事

抽煙使你變得神氣。

呵呵呵，最好是叫大家自己照照鏡子了，把一堆草葉捲在一堆，搓成一條，掛在嘴角，噴得滿房間滿客廳都是煙，而且，過一些日子，牙齒黃黃，指甲黃黃，如果這些會把一個人變得神氣、變得摩登、變得趕上潮流，那麼，由得她去抽吧。

當然，電影裏邊有那麼多的小姐和太太都抽煙，可是，還是別忘記，電影裏邊，有一大半的抽煙圖畫都是在那裏做廣告，我們又不是沒有腦，難道大家忽然流行跳海自殺我們也傻到要照辦麼。

牙齒不整齊最好不要笑。

以前，那是對的，所以，一些女人不是用扇子遮住自己才敢笑，就是要用衣袖來幫忙。人家以為，哎呀，女孩子怕羞呀，其實，說穿了，竟是因為牙齒不整齊才真。

現在呢，女孩子儘管笑好了，牙齒不整齊，非但不難看，而且會有人喜歡。你知道，牙齒為甚麼不整齊呢，那是因為天生長不整齊，而「天生」，正是現代人最重視的。有的人牙齒齊得嚇壞你，可是你明白，那些牙齒是假的。我們既然有那麼寶貴的真牙齒，為甚麼不把這些財寶給人見見，只要它們又白又乾淨（每天起碼刷兩大次就行）。

戴眼鏡的女孩子沒人喜歡。

有的人，一點近視沒有，偏去配一副眼鏡。有的人，太陽鏡會有十多廿副，為甚麼呀？還用說，戴眼鏡會使你漂亮。重要的是，你得選適合你的，又有時會隨潮流打打轉。電影明星我們見得多了，蘇菲亞羅蘭呀，王妃嘉麗絲姬莉呀，加上我們自己的淩波、焦姣，都戴眼鏡，喜歡她們的人照樣多。

你戴眼鏡，那還能表示，你大概是喜歡讀書的，而且那也是說：我才不去學那些明明患了近視又裝作沒近視的女孩子。看，你如此坦率，怎會沒人喜歡？

別聽人家瞎扯

人家當然對你講過許多話，別這樣別那樣，這不行那不行，但事實上，有的實在可以行，有的又實在被講錯。要知道，我們這種時代，有我們的腦子去想，甚麼對甚麼不對，要重新估計，不該老是聽人家說。

有人說女孩長長頭髮太野了，事實上長長頭髮而文靜的女孩子多得是，只要頭髮乾淨閃亮，髮腳又不開叉。有人說：卓姬般身材的女孩子不可以穿低胸的宴會裝，事實上，卓姬般的女孩穿低胸宴會裝才又端莊又正派又高貴。

長頭髮的女孩子不可以穿荷葉邊領的衣服，有人這樣說。誰跟你說的呢，別聽別聽。今年最流行有荷葉邊的衣服了，尤其是一大束飄呀飄的花邊和一大堆皺在一起的褶。要知道，衣服多受電影的影響，因為電影裏有一套叫《加米洛》，就是阿瑟王、圓桌武士的故事，衣服就跟着復古了。衣服跟着復古了，長頭髮的女孩子怎麼辦？

可以穿有荷葉邊領的衣服的，只要記着這麼的一件事：別讓你的長頭髮和荷葉邊纏在一起，譬如說，把頭髮都撥到頸後去行不行。長頭髮和荷葉邊都是女孩子最喜歡的，它們應該是好朋友，不要吵架。要是還有人告訴你，雀斑要躲起來，說這話的人實在太落伍。好，我們且問問她，大名鼎鼎的瑪莉鄺她們知道不知道？人家化妝時，在最後要在鼻子上點幾顆雀斑才算完工，瑪莉鄺可是一個美容專家。再說，大名鼎鼎的卓姬，也是喜歡替自己點雀斑的。

有雀斑，何不開開心心呢，因為那就是指，你又年輕又活潑，你且去翻一大堆兒童畫書看，那些畫家筆下的小頑皮蟲、有趣的小小孩，誰不是臉上長幾顆雀斑的。

雀斑不要躲起來，該給大家看呀看。

介紹別人相識

和一個朋友在街上走，碰上另一個朋友，如果沒有甚麼話要說，大家點點頭，笑一笑，然後各走各路，用不着替他們介紹。

兩個人在談天，另外一個人走過來參加，如果其中兩個是不相識的，那就有一個大責任，要把他們互相介紹相識了，而且要越快越好。

你正在一個角落和別人聊天，忽然見着你的朋友在另一個地方，你是不能扔下和你聊天的人而跑掉的，應該先說對不起，然後再離開，或者是帶了你的話伴一起走。

做一個派對的女主人的話，那你更得留心，宴會上絕不能由得兩個陌生人呆在一邊，如果有這種情形，女主人要被罰寫禮貌規則一百次，該把男人介紹給人。說：「瑪莉，這位是甚麼甚麼先生。」然後又對男的說：「東尼，這位是甚麼甚麼小姐。」別光介紹名字，還得介紹姓。不然的話，難道兩個陌生的人居然你叫我瑪莉我叫你東尼那麼熟悉起來。讓陌陌生生的人稱彼做小姐或先生好了，將來他們愛怎麼稱呼，是將來的事。

青年人，不管男或女，應該被介紹給年紀大的人。不重要的人，該被介紹給重要的人。最好就不要勉強介紹他人相識。

譬如說，在你公司開的宴會上，你的男朋友可能不想結識你的老闆，或者你的老闆也不想結識你的朋友，所以，別拉他們去見面，除非碰上了就沒話說。

介紹別人的時候，當然最好加一點形容詞。說說這些人喜歡甚麼，看電影呀，拍照呀，看小說呀，讓本來不相識的人有談話的資料，當他們可以聊上天的時候，你的責任就完了。女孩子和女孩子相識，男孩子和男孩子相識，把誰介紹給誰都無所謂，可以悉隨尊便。

加納比街的孔雀

本來，世界上沒有人知道加納比街，因為這不過是一條小街，又寂寂無名，後來，來了一個約翰史提反，開了一大堆服裝店，加納比街就紅了。大明星要到英國來逛逛嗎，唔，先到加納比街找些衣服穿穿再說。

約翰史提反的媽媽是開雜貨店的，每天早上六點鐘開店，晚上要到凌晨一時才收市。史提反一共有九兄弟姊妹，大家見了店就怕，只有史提反一個，不但不怕，而且喜歡做買賣。

史提反當然試過幹其他的行業，但他天生喜歡開店，到了廿歲那年，媽媽沒他辦法，只好由得他開了一間小得不得了的店。那時是一九五七年，史提反只有三百鎊。他每天躲在一間小房間裏設計衣服和剪裁，工作到清晨兩點，每週六天，有時是七天，幾乎沒時間休息。除了工作，就是吃飯和睡覺。

當時，男孩子的衣服很呆氣，凡是新款一點的就是意大利貨，史提反自己也不知道怎麼搞的，竟把男孩時裝創出來了。花的領帶，花的襯衫，雙排鈕扣的大衣，大的反領，低腰的水手袴，闊皮帶，鮮艷的顏色，碎花的布料，條紋的燈芯絨，都是史提反弄出來的時裝。來買衣服的人真多，於是，女孩子也來了，有的是陪了男孩子來，有的是來買了送給男朋友。因為女孩子也來了，賣女孩子的時裝也是實用的，但史提反自己不設計女裝，他把女孩子的時裝交給別人，把店開在同條街上。

整條的加納比街，史提反開了一間店又一間店，現在，他佔了三分之二的街。

流行音樂在店中播，青年人在街上走，女孩子記得有個瑪莉鄺，男孩子就得感謝史提反了。史提反說：要成功，那就得要苦幹，而且，信心是不可少的。

夢是心鏡

夢是好的。魘就不好了。科學家說，人們應該做夢，因為夢是幫助我們解除心理上的負擔的。

有的人為甚麼年紀很大了，還喜歡大哭一頓呢。而我們見到人家哭的時候，又總是說，讓他們去哭，哭了就舒服的。做夢也是一樣，我們心裏有好多負擔，夢就幫我們發洩掉一大半。平日，我們想見見自己的模樣，可以照照鏡子，至於我們的心裏邊和潛意識裏邊有些甚麼，就得照照夢鏡。

夢見一隻雞蛋，那是說，你會得到一筆錢。如果夢見碎雞蛋，剛相反，是說錢會失去，運氣差。夢見巨大的人環繞自己，是指自己覺得樣樣不如人，很自卑。夢見一些陌生人，那是說，這些日子，心裏有點矛盾的事不能解決。夢見屋子和房間，是指一個人想尋找安全。如果一個女孩夢見自己在一間形狀古怪的房間內，一切物件都變了形，那是說她是不被重視、不被愛的。女人夢見水，是說她們怕生孩子。

蛇、劍、木棍在夢中是代表男人。屋子、船是代表女人。如果夢見自己赤身露體，是表示自己畏罪，怕被人發現。夢見自己被追逐而沒法拔腳逃走，是指一個人在現實生活中沒法克服困難，希望有人能幫忙。火和焚燒在夢中出現則是代表愛情。

連續的夢，即是說，醒了之後，又在繼續做下去，或者常常做着同一夢中的部分，是指，你有重要的事正待解決。凡是連續性的夢，是不可忽視的。有時候，我們一清早起來會決定要做一件事，這個念頭不是突如其來的，而是我們的夢做了它的工作。

有人發誓做過彩色的夢，這是很少見的。野心大的人睡覺時特別要注意沒東西壓着自己，因為他們最常夢見自己從高空跌下來，而從夢中驚醒。

流行音樂會

流行音樂會有一個特色，老是喜歡台上台下打成一片。這本來並沒有甚麼不妥。鍾拜亞絲唱民歌的時候，也常常會說：這首歌，我們一起唱。或者說：如果沒有人反對，我想脱掉鞋子。

歌手在台上講幾句話，和聽眾聊聊天，十分正常，而且氣氛又會熱鬧些。於是，我們這裏的一些樂隊也學會了，只是，他們就是死也不肯講中國話。披頭四唱歌的時候，如果要和聽眾講幾句話，就講英語，絕不會因為到過印度，學會了幾句印度語就甚麼甚麼拉加，甚麼甚麼星起來，同樣的卜狄倫也不會搬法語出來和聽眾打交道。雖然他到巴黎唱了一陣歌。

偏就是我們這裏的歌手好怪，明明是中國人，明明聽眾又都是中國人，卻偏要英語對白，台上哩哩啦啦英語拋下來，台下就一片「是呀」、「不呀」、「羅拔呀」、「啊祖呀」的叫上去。那天，我和亦舒兩個傢伙坐在音樂廳裏呆了兩個多鐘頭，實在吃不消，就跑掉了。

還有一點，那些歌手有的還以為自己是大情種，認為凡是台下的女孩子都愛上他，就很自作多情的樣子，其實，大家上音樂廳來，要聽的是歌，又不是來和你談情，即使聽眾中十個裏邊有兩個是你的大歌迷，還有那八個人是最正常的聽眾，八個人裏邊，可能剛好又有兩個是別的歌迷，見到你就喝倒采也說不定。

那天的一個流行音樂會碰上岑南羚當司儀，他講的是廣東話，這是很好的。後來，中間休息的時候，由蕭芳芳頒獎，她在台上講的也是廣東話。是的，我們大家都是中國人，何必英語來英語去。如果說吃香，現在全世界最吃香的原來竟是中國話。

你看《滿堂春色》裏的法國有錢時髦青年，不是在交學費學中國話唱中國歌麼。

雙魚星

兩條魚，永遠以相反的方向游去。這就是雙魚星的標誌了。雙魚座是二月十九至三月二十。因為兩條魚各走各路，所以，你是一個矛盾的人，老是不知怎麼選擇，如果你常做夢，一定一天到晚夢見陌生人。

雖然你對自己的問題無法解決，是個過江的泥菩薩，但你很能幫助別人想辦法，一副能醫不能自醫的模樣。但你實在又不必為自己擔心，因為雙魚星的守望神是朱彼得和海洋神，他們會幫你忙，因此，你自有神仙打救。

因為魚是長在海裏的，魚族很豐盛，你會變成有錢人。你的個性是誠懇，樂意助人，富創造力和想像力，最重要的是，海洋神會給你靈感，許多事情，你會用直覺的方法來處理，弄得不出亂子。

你是個喜歡享樂的人，不大愛做苦工的，喜歡做乞丐不喜歡做皇帝。如果在三藩市，你大概一早就做了喜彼士。不過，真要你努力工作，你也行，你的職業是做醫生、護士、心理學家，或者在教會工作。和海有關的工作能吸引你，像做海員、船長、無線電生等。另一方面，你喜歡跑進娛樂圈，當演員、導演、大製片家等。

雙魚星的珠寶是翡翠。幸運日是星期四和星期五。幸運數目是三和七。代表花是向日葵。幸運顏色是銀灰。

以一九六八年來說，雙魚星的人如果有浪漫史發生，會在春天，結婚的月份應該在六月、九月或十月。

到了下半年，你會努力一點工作，而且必須記着的是，要了解別人。

你的幸運數字以七為主，三為副。七是一個神秘數字，象徵好運氣。世界上有七大奇觀，一星期有七日，那天卻是假期。一九六八被三來除，剛好除盡，表示今年你的日子會過得快快樂樂。還有一點要注意的是，最好不要花太多的錢，因為魚活在越多的水裏越好。

為甚麼為甚麼

女孩子真是怪物。

為甚麼她們打電話要打七八個鐘頭。難道有話說不可以到茶餐廳裏去談到三更天。所有的人的電話都打不進來了，到付電話費的時候，她們就扮個鬼臉算數。

為甚麼一個女孩子不能爽爽脆脆做自己想做的事，偏要別人陪。譬如說，她們要看電影，但她們不去排隊買票，不去找一份報紙翻翻，偏要撥個電話給瑪莉或露茜。喂，你看電影嗎。如果瑪莉不去，露茜不去，她們就不去了。也不管電影院裏正在放映《春光乍洩》。總之，瑪莉露茜就比安東尼奧尼還重要。

為甚麼她們穿了衣服要給女孩子看而不是給男孩子看。她們從來不問自己的男朋友：我今天的一身打扮漂亮嗎，而是去找自己的女朋友來問：好看嗎。而她們要嫁的又不是她們的女朋友。

為甚麼她們喜歡成群結隊。人家一個男孩子請一個女孩子看電影，她們就一窩蜂跟着去，又要那個倒霉鬼請吃雪糕，又要那個倒霉鬼請喝下午茶，人家又不是觀音，為甚麼要請你們這群蛀米大羅漢。

為甚麼她們要裝作所有餐室的大菜都懂得，卻點了一隻皺眉頭的菜，而動都不動，事先又不肯問問別人，這是隻甚麼了不起的名菜，告訴我好嗎。別說外國菜單又英又法又意又日，連中國菜單的「獅子頭」、「大轉彎」也夠她們想爛了腦袋了。

為甚麼她們喜歡把以前的男朋友的情書公開，而不肯燒掉，即使他們已經和別的女孩子結了婚。她們為甚麼不好好地在失了戀之後開開心心地、正正當當地去結識別的男孩子，而偏擺出痴心一片的模樣。而過不了多少年，她們還不外是嫁給了另外的一個男人。

附庸風雅

大家可以看不起那些附庸風雅的人，可以說他們甚麼都不懂，偏要假裝很藝術。但是，大家應該感激他們、謝謝他們，因為他們實在幫了藝術不少忙。

老實說，真正懂得名畫的人究竟有多少呢，世界上許多的名畫，全靠那些附庸風雅的人買了去掛在大廳裏裝飾裝飾，不然，真正喜歡畫的人，哪裏買它們得起。從來，看畫的人不買畫（因為沒有錢），買畫的人不看畫（多半是看不懂），於是，畫家餓壞了許多，現在的畢加索可有錢了吧，我們以前的唐伯虎可有錢了吧，他們也全靠那些附庸風雅的人，才走了好運。

音樂會也是，有的人上音樂會去不過是陪太子（陪女朋友、陪音樂朋友等），有的呢，就是作作狀，表示自己很欣賞藝術。這些人，我們也要感激他們，他們總算也出了一分力，推動了一下「藝術」的大輪。

至於那些漂亮的書放在書架上而不看的人，我們最要感激他們，他們雖然把文藝名著、百科全書放在大廳裏作裝飾，我們也會得益的。他們為了炫耀自己有一套百科全書，或者已經買到了新的「潮流」書本，一定會對你自我宣傳，我有百科全書，你甚麼時候要查甚麼，儘管到我家來好了。或是：新出的那本存在主義小說很出名呀，要看的話可以借給你。這些人只希望你知道他們「有」，從不吝嗇讓你知道，於是，最上算的還是愛書的窮鬼，多蒙他們那些附庸風雅的人使他有書可借。

要是有錢的人都附庸風雅起來，世界一定會可愛得多，大家都在音樂會呀劇場呀碰面。出版界就會生氣勃勃，詩人畫家就會有人看得起，不至於餓死。可惜，現在呢，附庸風雅的人一直給人批評斥罵，很不開心，就不肯再附庸風雅了。以藝術來說，這可真是一項大大的損失呀。

自知之明

許多事我們應該有自知之明，而且要想辦法去知道多些關於自己。

要知道自己的臉是圓是方是重要的，因為你或者想知道自己該戴甚麼形式的眼鏡，畫甚麼形狀的唇，甚麼形狀的眼線。要知道自己的臉是圓是方，只要把自己的頭髮束在腦後，然後對着鏡子，用一支唇膏把自己的臉描在鏡子上。如果怕自己會移動，可以請一位朋友來幫忙，這樣，你只要看鏡子中的臉，就知道它是長型方型或者鵝蛋型。

穿甚麼顏色的衣服會使你好看呢，那就得把不同的衣服穿起來去拍一些彩色的相片；同時，拍一些黑白的相片可以告訴你，你的衣服款式是否適合你。有些化妝品的售貨員會替你選擇化妝品的顏色，只要你交給她一張彩色的相片。所以，別把彩色相片擠在簿子裏給埋沒了。

頭髮粗或細，可以用一隻細齒梳決定，把梳子由一撮頭髮的根梳到尖，然後輕輕的回梳，如果頭髮不打架，是細，如果頭髮不肯給梳梳過去，是粗。知道頭髮粗或細的用處是：粗頭髮多數頑皮，可以梳短直的髮型，像柯德莉夏萍裝。細的頭髮多數很乖，一天到晚雨水一般貼着你，所以要常常電，等等。當然，關於頭髮，除了粗細，還得知道疏與密、油與乾。在頭上挑一條界，用尺去量一量，不夠四分之一吋的是密，八分三之一吋或以上是疏。頭髮油還是乾，只要看洗了頭之後，它們能維持多少天不直挺挺垂下來就知道。

用兩張紙把自己的腳板畫下來，把它們比對一下，是不是有一隻腳比另一隻大。如果是，到鞋店去訂鞋子的時候就可以告訴做鞋子的師父要做兩隻大小不同的鞋子。

故意指出你的姊姊妹妹的缺點，因為這樣，她們也會把你的缺點全數出來，使你可以知道自己有甚麼要好好地改過。

兩塊錢

有很多書，很厚很厚，文章很好很好，只賣兩塊錢一本。但大家怎麼說呢？大家說，太貴太貴。

兩塊錢一本書，為甚麼會貴，說的人於是解釋，中文書也要兩塊錢，太貴了。我因此一直不明白，難道中文書就該四毛錢一本，或者就像明星畫報一般，八毛錢一本，一塊兩毛一本。

兩塊錢一本書，還說貴，真是天曉得。你跑進外國書店去，兩塊錢能買到一本書實在是奇跡，大減價的書也起碼六七塊，雜誌也起碼四五塊，企鵝的身份也要三塊六一隻。

大家十五塊錢買一本畫冊就會叫便宜，二十多塊錢搶到一本影評集就像中了馬票，偏是兩塊錢一本厚的好的中文書，就嚷着貴。有一個時期，瓊瑤小說五塊錢一本，照樣有一大堆人賠了金錢又折眼淚。

就是因為大家連兩塊錢都不捨得（寧願在美心一坐，坐掉十塊八塊），許多很好的書就被人拿去包花生米了，許多的刊物挨呀挨，也就關門大吉了。大家有兩塊錢，為甚麼不捧捧好書的場呢。

像現在，兩塊錢一本的書正多着，有的甚至不必兩塊錢，足夠你仔仔細細地看，看一個禮拜，走馬看花地翻，翻半個下午。

買一本《文學季刊》怎麼樣，這次，裏邊有七篇風格很不同的小說。還有芥川龍之介作品選譯，都值得翻和看。

買一本《現代文學》怎麼樣，這期是中國古典文學研究。《現代文學》，研究古典文學，能不能打動你的心呢。

或者，買一本《純文學》（台灣版）又如何？這期有一篇關於詩人康明詩的文章，愛詩的人實在是不該錯過的。

快找兩塊錢出來，找一本中文書看看去。

電影裏的馬

拍一部電影，要用一群演員，這些演員，由一位專門的指導來負責。導演如果說：我要兩打紅番。於是負責演員的那位指導就得去找兩打紅番來。但，有時候，導演會說：我要三百匹馬。在這情形之下，就得找專門負責活道具的專員了。

有一種人，就做這一行的生意。譬如說，有個人叫做李察維柏，他就擁有一個大馬廄，養了許多馬，預備租給電影公司拍西部片用。所有的馬，大概可以分開三類，全看牠們的本領而定。有的馬沒有甚麼本領，那就只好用來跟着其他的一窩蜂奔跑，或者拉拉篷車。有的會跳，會假裝跌倒，倒退，就可以演一些特別的鏡頭。有本領的馬都是受過特殊訓練的。

碰到要拍電影時，李察維柏就忙了，事先，他要想辦法把馬運到外景場去，運的時候，要僱貨車甚至巴士載馬，另外還要有車運馬鞍，最後跟着的就是糧食，如果三百匹馬有戲演，牠們一天要吃五噸草和五百磅黍粒。碰上拍大水牛衝鋒這種鏡頭，二百頭大水牛，吃量大極，一天要吃掉草十五大噸。

到拍戲那天，負責馬匹的人四點鐘就起來了，把馬餵飽是第一件事，其次是替馬洗刷乾淨，這些都得在太陽出來前辦妥，預備馬匹可以在七點鐘準時上鏡（幸運的是，馬是用不着化妝的，省去不少的時間）。通常，拍一場馬的鏡頭，大概要馬奔走十五里。為了這些馬，製片的還要出錢僱兩名鐵匠照顧馬蹄，還有一名皮匠管理馬轡之類。

然後，有一位防止虐畜會的會員會跑來，看看有沒有牛馬受傷，導演會不會讓馬演太過危險的表演等。

至於叫馬四隻一排、六隻一排並非易事，而是一種本領。

據說，除了拍電影，這種本領已經成為「失落的藝術」了。

卓姬在日本

卓姬去了一次日本。卓姬說。

他們大家都叫我卓依，因為姬字很難讀，就一直依依依了。我剛到的時候，碰上幾百名攝影記者，心裏很怕，但是，他們很有禮貌，我就不怕了。卓姬說。

進入一間日本屋子，大家要脱掉鞋子的，但我呢，總是忘掉了。我在日本吃的日本餐，到現在還不知道是些甚麼，總是，有很多的魚。起初，我不會拿筷子，結果，勉強可以試試。我很想知道那隻檸檬雞的烹飪方法，可是，當時沒有人會講英語。卓姬說。

我穿了一陣和服，大家問我覺得和服怎麼樣，我說：簡直瘋了。大家有點不開心，以為我是說和服又笨又重。於是我只好解釋：我們英國的女孩子所謂瘋了，就是喜歡得不得了的意思。卓姬說。

他們舉行了一個「卓姬時裝展覽會」，地點是在「武道館」，來看的人總共有一萬二千。他們又舉行一個記者招待會，攝影師來了六百多，電視的工作人員來自五個不同的公司。我穿了一件酒顏色的天鵝絨上裝，裙子短到在膝上一吋，又戴了滿手指環。記者們問我那些喜彼士怎麼樣了，我就說：冬天來了，他們只好改行了吧。

我去參觀一隻日本車展覽會，他們送了一輛汽車給我，是芥辣色的，將來，大家會見到我在倫敦坐在車裏面了。

我去看了那座大佛，啊啊，原來祂有那麼美麗的卷曲的頭髮啊。

我還去看古裝戲，戲裏的女人都是男人扮的，扮得真像女人。在餐室裏，有藝妓舞蹈，她們塗很厚的粉，嘴唇很紅。卓姬說。

我學會了甚麼日本語嗎？噯，只學會了一個字，就是「嗨以」，意思就是「是」。我在日本玩了三個星期，很開心。卓姬說。

玫瑰的褒曼

一提起英瑪褒曼，頭痛的人就多。還用說，褒曼的電影，簡直是喝苦茶。譬如說，有人現在要請你去看褒曼的作品，你去不去呢？

其實，大家用不着對英瑪褒曼皺眉頭，他現在的電影雖然叫人看得像上課，但以前，他拍的電影竟是喜劇的居多。對於這位導演，他的作品可以分為兩個時期，一個是玫瑰時期，一個是黑時期。

玫瑰，那是指一種可愛的顏色，叫人見了喜歡。英瑪褒曼剛拍電影的時候，拍了很多喜劇，看得大家嘻嘻哈哈。在一九五六年，褒曼在康城得了一個特獎，拿去展出的作品，正是最最玫瑰的。

英瑪褒曼以拍喜劇出名，可是，大家知道的卻是他的一些「黑電影」。黑的顏色，是指很嚴肅莊重的，不那麼嘻嘻哈哈的。自從《第七封印》開始，褒曼就不太拍「玫瑰電影」了，所以，我們看來看去，全是《野草莓》、《沉默》這些。

而有的人呢，以為凡是英瑪褒曼的作品就和一本大字典一樣，叫人又愛又怕。所謂「黑電影」，當然不是指黑白片，正如所謂黑幽默並非說幽默是黑的，或黑星期五是一個黑顏色的星期五。同樣，「玫瑰電影」也就不是指彩色片。英瑪褒曼的電影多半是黑白片，但他也拍過一部彩色片，那部彩色片，非但是喜劇，還是鬧劇。

至於這些「玫瑰電影」為甚麼會不到處公映，倒真是一件怪事。「黑電影」不受人喜歡，「玫瑰電影」怎麼會也倒運呢。

有一點我們倒是該注意的，現在的一些電影開始把「玫瑰和黑」混在一起了。《雌雄大盜》和《春光乍洩》可說是又黑又玫瑰的。至於英瑪褒曼，我們仔細看的話，也可以看得出他的「黑電影」裏有不少的玫瑰氣味。

閒暇乃文化之母

一個人，一定要找一點空閒的時間出來。這就像一個人一定要找一點多餘的錢出來一般。

人要吃飯，所以人要賺錢。如果一個人一天到晚賺錢，只夠吃飯，那麼做人還有甚麼意思呢。所以，人賺錢，總希望除了吃飯之外還有剩餘，把這些剩餘的積蓄起來，可以買一座電視看看，可以買一輛汽車坐坐。這樣，做人才有趣多些。

人要賺錢，所以人要做事。如果一個人一天到晚做事，沒有一點時間積蓄下來，那麼樂趣呢。如果你有一座很好的電視機，可是，你沒有閒暇，不能看，那麼，你有的就等於你沒有。

奇怪的也就在這一點上。一個人會喜歡很多東西，喜歡看電視，喜歡看書，喜歡看電影，喜歡上餐室，喜歡種花，喜歡養魚，於是，為了這些，不得不花很多的時間去賺錢，錢賺來了就買了電視機，買了書本，買了名貴的花種，名種的魚，可是，因為把所有的時間花去賺錢了，反而沒有時間剩下來看電視，看書，種花，養魚了。

我們和別的動物所不同的是，我們除了和動物一般有「自然的人生」外，還有「文化的人生」。而文化，不靠閒暇是不行的。但我們每個人有沒有替自己積蓄一點時間下來做做自己喜歡做的事呢？

現代人最痛苦的事，並非賺不到錢，而是賺不到時間。每天碰見的人都在那裏忙，他們有錢，但不快樂。人們所以賺多錢，是希望有所剩餘，使自己好過快樂的文化生活，賺錢的目的本來是為了「生活得好一點」，可是，人們從來沒有「生活得好一點」，因為，忽然的，賺錢竟不再是手段，而變了目的，還有甚麼好說。

人如果要快樂，得使自己的時間有所積蓄才對。

第五個藝術家

現在，在世界上還活着的了不起的畫家還有誰呢，要數的話，還可以數到五個。一個是畢加索，他八十五歲了。一個是柯柯希卡，八十一。一個是米羅，七十四。一個是雕刻的亨利莫亞，明年才七十。還有一個呢，還用說，當然就是八十歲的夏果爾。

現代畫的那些畫家顯然都老了，他們的畫齡都起碼有六十歲。巴黎的一間現代美術館，把現代畫由一九〇五算起。以前的克利呀、瑪蒂斯呀，他們都不活着了。八十歲了，夏果爾還畫畫嗎？還在畫。許多人都十分喜歡他的畫，他總是那麼超現實，又總是那麼一副窮開心的模樣。他以前的畫喜歡畫一個窮畫家，呆在自己的畫室裏，然後，又總有一位美麗的女孩子送一些花來。他和其他超現實的畫家一樣，畫的畫，叫人看了好像在做夢。有一點不同的是：別人畫的夢境老是很可怕，他的呢，他的夢很美麗，又充滿了快樂。如果說現代畫裏邊也很有詩意，那就得到夏果爾的畫中去找了。

畫家裏邊的米羅和保羅克利全喜歡畫怪物，不是滿身手腳就是脖子長長，形狀怪得像阿米巴，但夏果爾的畫是很具象的，人就是人，所怪的只是一幅畫裏有人有獸，全活在一起而已。

真不相信夏果爾會八十歲。他這個人畫的畫實在年青。一個畫童話世界、詩人的世界的人怎麼會老呢。現在，他卻畫起聖經故事來了，八十歲的他，正在埋頭埋腦畫摩西出埃及，給耶路撒冷設計鑲嵌畫。

夏果爾的文學味很重，他的畫多半和文學有關。人家請他替拉封登的寓言畫插畫，他很高興就畫了。他的畫是那麼地柔和，顏色是那麼地調協。

難怪有人説，他是畫家，而畢加索，畢加索應該是雕塑家。

圓圓硬幣

硬幣實在是很漂亮的，它們活像那些徽章，又像鈕扣；碰擊起來會發出聲音，又會在地上滾。

小小的一枚硬幣，上面刻着花紋，過了幾千幾萬年，它們就變成了古錢，做起古董來了。世上最美麗的古錢，大家都承認是希臘的那種，至於最有個性的，當然是我們中國的孔方兄。希臘的古錢，在硬幣上總是刻了神話中的神像，而且硬幣圓得很笨拙（就像珍珠，圓得笨拙就美麗得很）。至於硬幣上刻了帝王的像的，由波斯人開始，阿歷山大大帝時，硬幣上就全是阿歷山大自己了。

最值錢的硬幣當然是金幣銀幣，因為它們本身值回幣面的價值，後來的硬幣有銅有鎳，就只能和鈔票一般，代表一下算數，只是一個數目。

奇怪的是，為甚麼現在我們用的硬幣要圓得密密麻麻，中間不開一個洞呢？以前，我們的那些祖先用有孔的錢，可以用繩子把一把錢串在一起，那實在是一種風景。我忽然想，我們現在出的郵票也是那麼古色古香了，三隻非禮勿視勿言勿聽的猴子配上紅紅的郵面，應該得一個「甜蘋果獎」，如果我們發行一些有孔的古色古香的硬幣，豈不是也很有趣。

遊客到香港來逛一次，見了這種硬幣，一定會帶多些回去作紀念，甚至會把它們當作頸鍊，串成一串掛在頸上。誰高興的話，還可以把這些有孔的硬幣結成一條現在流行的腰帶，或者編成手鐲也行。

說不定將來荷里活要拍一部牛仔片，會跑來找一堆這些有孔的硬幣去拍西部英雄練槍的鏡頭，這就比光是打碎酒瓶厲害得多。

而我們呢自然也很開心，自然不必羨慕外祖母留下來給了阿姨的那些有孔的碎錢，自己也可以用一條繩，串了一貫錢，上街看電影去了。

幸福之困惑

幸福到底是甚麼，真是很難說，而且各人有各人的看法。幸福是人人都在尋找的，但不一定知道該怎麼找來。甚麼是幸福，不但我們普通人感到頭痛，連大哲學家也想爛了腦袋。這，他們活該，我們卻乾脆是倒霉。

阿里士多德說，人生之主要目的嘛，就是為了找尋幸福。所以，我們不停地讀書，尋求知識，找尋樂趣，也算是在那裏走向幸福了。希臘當然最重視知識，因為他們認為知識和幸福幾乎就相等了。

一個幸福人，多半是快樂人。事實上，後來大家都知道一個人書越讀得多，越不容易快樂。照「快樂即是滿足」的說法，一個人尋求知識，簡直是生也有涯，知也無涯，怎會找得夠找得滿足呢。

多半人同意幸福是一種樂趣和值得渴求的經驗，就是有人提議到真善美中去找，可是，尼采又指出，一個人在痛苦中也可以覺得快樂，又說，所有的樂趣都含有痛苦的成分在內。尼采對自然界的樹木植物作了仔細的觀察，認為支持人生的並非是尋求快樂，而是一種生長與強大之意志。

後來，佛洛伊德就把尼采的意思發揚光大了。

也有人認為德行和幸福有關，因為他們覺得一個人做對的事就得到快樂。當然，接着又有人認為幸福就是幸福，不一定和德行有關，因為幸福除了會「偶發」之外又常常會牽涉到處境問題。希臘的戲劇裏面就有不少題材牽涉到「命運」。世界上有些事情是否對某些人特別青睞呢？有些人忽然得了一大筆遺產，忽然中了馬票，於是覺得快樂，感到幸運，而這是意內還是意外呢。

就因為「幸福」是那麼的混淆不清，就各人用各人的方法來解釋和追尋了，所以就有了享樂主義等等一大堆。我呢，我喜歡加繆的看法，他認為快樂就是推大石上山。

花花朵朵

去年，大家流行把花朵送給別人。其實，花朵是隨時可以送給人家的。有很多人，我們實在得送一些特別的花去致意一下。於是，有人想出了這些花，和這些人。

藍鐘花，最好是送給喜彼士了。因為他們喜歡把一些會響的鈴掛在身上，走起來，藍鐘豈非更適當。

四瓣葉的金花菜，最好是送給英國首相威爾遜，據說，金花菜是代表幸運。一本故事書裏就說過，誰要是找到一朵四瓣葉的金花菜，在聖誕就能夠聽得懂動物的話，知道甚麼地方有一個寶藏。所以，幸運的四瓣金花菜是送給威爾遜的最佳禮物，因為他實在倒運極了。

無花果葉，應該送給日本的大野洋子小姐。大家知道，凡是電影裏的亞當、圖畫裏的亞當，都用無花果葉作裝飾，免得赤身露體。大野洋子小姐去年拍了一部短

片，竟是拍的一大堆光禿禿的各式各樣的屁股。

所以，送些無花果葉給她，讓她在下一部電影中好用來作道具。

橄欖樹枝，那要送給戴高樂，而且，最好注明是英國製。

橄欖是代表和平的意思。一些鴿子常常銜在嘴裏的就是那種樹枝了。

棕欖樹葉，比橄欖樹葉大得多，最好送給花童自己，因為到了冬天，他們沒有衣服穿會很冷，可以拿棕欖葉編件大衣披一披，學學原始人。

杜鵑花有很多花蕾，盛開時多姿多采，最好送給披頭四之一的約翰連儂，因為別的花碰上他的迷幻色汽車就會相顧失色了。

風信子的球莖，何不送給那些愛吸迷幻藥的人呢。

讓他們看看植物抽芽茁長，總比慢性自殺強得多了，風信子長得像雞毛帚一般，一大堆花聚在一起，生氣勃勃，多麼可愛。

手袋奴隸

我們，能不能不用手袋呢。男孩子上街才輕鬆，兩隻手往口袋中一插，就活活潑潑地上街去了。女孩子可麻煩了，老是要拖着一隻手袋。為甚麼我們就不能把手袋扔在一邊，也兩隻手往口袋中一插，輕輕鬆鬆上街去呢。

有的人要用手袋，因為她們是病貓，手袋裏不是萬金油就是止痛散，所以，她們就要提着一隻大手袋了。有的人因為有很多錢，所以買了很多手袋，那些手袋又貴得叫人很看得起她們的錢，於是，這些人又要帶手袋上街了。我們呢，既不是病貓，又不是富婆，何必一天到晚與手袋為伍。唉，我們真是手袋的奴隸了。

說到手袋的壞處，也可多極了。首先，手袋其實是個垃圾箱，裏邊裝的東西除了錢，多半是毫不相干的廢物。譬如說，一雙襪子。手袋裏邊所以要放一雙襪子，就和汽車要預備多一隻車胎一般，用來作後備，其實，我們穿一雙厚襪不就行了，現在那種厚襪，又暖又不會破。

因此，手袋裏邊可以不放襪子。

手袋裏邊可能有手帕（真糟，紙手巾那麼風行，誰還用手帕簡直是費水又費力）。有鑰匙，有記事簿，有相片，有錢，有小紙條。這些東西，男孩子何嘗沒有，但人家男孩子就是不必用手袋。男孩子如果紙張多，他們會用占士邦箱，女孩子嘛，如果化妝品多，也可以提個化妝箱上街呀，何必要手袋。我們應該要口袋，不要手袋。

至於手袋裏有糖果、話梅，這樣的女孩子不該用手袋，應該圍一條口水肩。女孩子不用手袋有甚麼好處呢？她們可以不必花錢去買它們，光用鞋子來配衣服的顏色就輕鬆得多，手袋可以完全不理。再說，我們女孩子如果不用手袋，漸漸就會習慣了不做雜物的奴隸。

看，現在，我們不是一天到晚在受手袋的支配麼。

做這些事

數數手指，唉，要到復活節才有假放。長長的一個多月怎麼過呢。有個朋友說過：不做無益之事，何以遣有涯之生。想想也很有意思。我們還是找些事來做做。無益的事並沒有甚麼不妥，因為無益並不等於有害。

找一個大酒瓶來，把花種在酒瓶內，好做室內裝飾，因為，春天總是花朵的世界。開始搜集一些小玩意：鈕扣或巴黎的風景片或報紙雜誌上的小版頭或大商店的商標或好看的廣告設計。但不要收集男朋友。

下決心學一種外國語言。每天死記十個生字。背一首古詩。開始喝一個星期白開水，不喝一滴茶。花一個下午，把所有你的朋友的優點寫在一張紙上。發誓別再抽煙。然後到金舖去把耳朵穿一個洞，別再戴夾在耳朵上的耳環了。到舊貨攤去逛逛，買一件怪物回家。用碎布縫一幅床單給自己。買一隻肥豬回來，每天餵牠一毛錢。對自己說：雖然同級的那位同學比自己有錢，比自己漂亮，比自己多男朋友，比自己聰明，比自己能幹，但是，自己比她快樂。

幫弟弟做一隻風箏。把一條皮帶送給妹妹。找一個星期日，在家裏大掃除。對一朵雲，或者一滴墨水，或者牆上的裂縫仔細看，看它們像甚麼。跟蹤一隻螞蟻，看牠住在哪裏。再看兩隻螞蟻如何談話。

到家裏附近的地方走走，看看多了些甚麼屋子，少了些甚麼舊的樓宇。找一個朋友教自己划艇。把衣櫥裏的東西都倒出來，重新再放進去。買一打竹筷子，把鞋子一隻一隻撐好。到酒坊去聽一晚音樂。

學做一次班戟。一隻雞蛋，半杯牛奶，一杯麵粉，一點鹽就行。鹽扔在粉裏，雞蛋倒進粉裏，慢慢加牛奶，攪得漿糊一般，擺一小時。用熱的鍋，少的油，薄薄的粉。

煎好後捲些果醬一起吃。

雜誌的潮流

服裝有潮流。其實，甚麼沒有潮流呢。汽車有，屋子有，連雜誌也有。許多人剛好是個雜誌迷，一天到晚這本翻翻那本翻翻。有時候，一本沒甚麼東西好看的雜誌被搬了回家，大家就說：買這幹嗎？沒有一篇好文章。而我們呢，也不是為了買篇甚麼文章看，不過是因為人家編得很好看。

現在的一些雜誌，真是先知先覺，編排設計上完全和潮流並肩同行。早一陣，流行甚麼藝術風 A.N.，於是，所有的雜誌全是肥肥圓圓的字體、彎彎曲曲的樹葉卷鬚。這一陣，流行的是迷幻色和用海報作背景，加上採用連環圖的手法把人物的對白印出來。這樣，雜誌又紛紛跟着走了，彩色的圖片迷迷幻幻，又紅又綠，只是輪廓不見廬山是一類。大幅大幅的海報作背景，又是另一類。然後，那些時裝模特兒吱吱喳喳地講話。字全印在紙上。

所以，一個人實在不必跑到街上看別人穿甚麼圖案的衣料，打開一本新的雜誌，美術設計的編輯早已替大家說得清清楚楚了。這些人也實在聰明，因為一本雜誌如果設計得漂亮，真能打動別人的心。

像現在的唱片的封面、書本的封面，不是也在努力搶奪別人的注意麼。雜誌能夠附送贈品，也會受歡迎的，附送一張可以貼在牆上的大海報就叫人開心了。別以為一些時裝書和明星畫報才送海報，很文藝氣息的《倫敦雜誌》也附一幅大海報，是名家的畫，真夠你貼在牆上看半年。

有人說過，要字寫得好，不一定要天天寫，可以對着好的書法天天看。因為字和手根本不相干，是腦的問題。因此，我也覺得，我們要培養一下美術眼光，也不一定要整天上畫畫課，常常翻第一流的雜誌和畫報，已經可以使我們眼光大變了。

後記

西西的「牛眼和我」在上半個世紀原刊於香港的《快報》，是每天見報的散文專欄。西西並無剪存，也無復記憶，《快報》於一九九八年三月休刊，於是連舊報的檔案也失去了。不過香港的文學界沒有把它忘記，偶然還有人提起，只是一直遍問不獲，其間偶見有人搜出幾篇，大家如獲珍寶。

二〇一九年一月，我接到陳鳳珍女士的來郵，說張景熊原來保存了一套剪報；景熊離世後，她整理其遺物，看到「牛眼和我」的剪報。陳女士託我轉交西西。我和陳女士見過一面，那是十多年前在西環偶遇，她和張景熊一起。張景熊是詩人，素葉曾出版他的詩集《几上茶冷》（一九七九年），我們曾在《大拇指周報》一起工作，他總是任勞任怨。除了寫

作，他還是一個攝影師，很不錯的攝影專業。他的筆名有小克、K. H.，是一個很溫暖、和善的人，我們習慣叫他小克。

陳女士把剪報給我，還為每一篇做好電腦掃描。西西翻了一陣，說：我當年還算年輕，小克哩，也許才十七八歲啊。

小克把「牛眼和我」每篇逐一剪貼在一本記事簿上，共一百四十六篇，保存得很好，欄目版頭經常變化，都是西西自己的設計。小克沒記下日期，應是順序剪存，也不會剪漏了吧。確實的年月，還待有心人追跡考訂，大抵是一九六七至六八年之間，總之距今忽已超過半個世紀。這欄之後，西西在《快報》開始另一散文專欄「我之試寫室」，那是一九七〇年初。《牛眼和我》得以成書，也可校訂一些報上錯漏的字。

感謝陳鳳珍女士，這也是對小克的懷念。

何福仁

牛眼和我

西西 著

責任編輯 張佩兒
裝幀設計 黃希欣
排　　版 時　潔
印　　務 周展棚

出版

中華書局（香港）有限公司

香港北角英皇道四九九號北角工業大廈一樓 B

電話：（852）2137 2338

傳真：（852）2713 8202

電子郵件：info@chunghwabook.com.hk

網址：http://www.chunghwabook.com.hk

發行

香港聯合書刊物流有限公司

香港新界荃灣德士古道二二〇—二四八號荃灣工業中心十六樓

電話：（852）2150 2100

傳真：（852）2407 3062

電子郵件：info@suplogistics.com.hk

版次

二〇二一年七月初版

二〇二四年八月第三次印刷

規格

三十二開（190mm×130mm）

ISBN

978-988-8759-27-9